钢琴与步枪

姜念光诗选

2018—2023

GANGQIN
YU BUQIANG

姜念光

著

山西出版传媒集团　北岳文艺出版社

·太原·

图书在版编目（CIP）数据

钢琴与步枪 / 姜念光著. -- 太原：北岳文艺出版社，2024.8. -- ISBN 978-7-5378-6885-3

I . I227

中国国家版本馆CIP数据核字第2024SG1261号

钢琴与步枪

姜念光 / 著

出品人
郭文礼

选题策划
刘文飞

责任编辑
刘文飞
张　昊

装帧设计
张永文

印装监制
郭勇

出版发行：山西出版传媒集团·北岳文艺出版社
地址：山西省太原市并州南路57号　邮编：030012
电话：0351-5628696（发行部）　0351-5628688（总编室）
传真：0351-5628680
经销商：新华书店
印刷装订：山西人民印刷有限责任公司

开本：787 mm×1092 mm　1/32
字数：195千字
印张：7.25
版次：2024年8月第1版
印次：2024年8月山西第1次印刷
书号：ISBN 978-7-5378-6885-3
定价：59.80元

本书版权为本社独家所有，未经本社同意不得转载、摘编或复制

目录

辑一 | 明亮的时刻

002　如何用诗歌表达赞叹
003　金黄
005　不饮
007　冬夜独坐,有所思
008　流水曲
009　良知
010　巨匠
011　松树的信札
012　积雪
013　秘密的经验
014　风中作
015　偶然作
016　继续
017　充分必要条件
018　晨曲
019　春天就要来了
021　春天的征兆
023　带着一块石头过河
025　明亮的时刻

027	黄昏之诗
028	阅读之诗
030	笔记
031	急雨赋
033	最好的园丁
034	盛夏的躯体
035	名字就叫达尔文
037	雨中经过师范学院
038	古校场夏日学射
040	向大炮学习表达
041	尝试
042	高歌指南
043	膝盖辞典

辑二 | 步兵带枪飞行

046	力学课
048	在夏天回忆一次夜行军
050	军事志
052	比喻的钢琴
054	地雷后传

055	战争原著
057	一次送别
059	拎着一支步枪穿过汉语
061	第一枪
062	步兵应该如何飞行
063	正午时刻
064	大器
065	恋爱中的海军
066	野营地
067	讨论课
069	轧钢车间见学记
070	爆破手的似水年华
071	女兵闪耀着
072	让我们赞美大个子战友
073	平时军事生活审美指南
074	夏训日志
075	又一次说起李凡
076	静夜思
077	暮色
078	远程拉练中的数马者
079	你也曾经攀援钢丝吗

081　往事如黎明
082　排雷纪事
083　小男孩的爆破课
084　坦克的滋味
085　雨夜潜伏四小时
086　再来唱一次《浏阳河》
087　埋伏者说话了
088　景深

辑三 | 进行曲

090　玉兰树下的费尔巴哈
092　初春的列举
094　要给你写一封信
095　三月饮酒读诗札记
097　我们应该如何相见
098　南方花园
100　健身房短歌
102　这时候我们如何写诗
103　黑夜不再是黑夜
104　叹息所

106	以后我们将怎样说起今天
110	二月十四日在林中
111	进行
112	大雪日,头痛,不药而愈
114	春天在拖延
116	春天的恢复
118	细雨吟
120	软骨头小调
122	邀请一匹蒙古马
124	书架上的马
126	镜中锦绣
129	交流
130	写在《春夜喜雨》旁边
131	狂风大作日又读《天问》
132	随时想些更大的事情
133	带明月离开沟渠
134	那武松
137	望中偶得
138	春望
141	环形山
143	夏天的渊薮

144　星期二
145　卫生颂
146　我们去看电影吧
147　盛夏的道路
149　思想你
150　盛夏的滋味
152　期期见字如面
153　二月十四日小雨记
155　倾诉

辑四 | 山河在望

158　冬至日答张九龄
160　蜜橘
161　化雨
162　完美的十字
163　海鲜论语
165　草原一日
167　人人要去斧头山
170　戊戌九月十七日夜
172　途经中牟的绿皮火车

174	采石矶半日游指南
176	谒李白
177	一个人出门远行
178	月亮引
180	牛栏山初秋
181	长城十八行
183	途中作
184	高老庄之歌
186	大地的教导
188	远游概论
189	大言
190	泉州速写
192	梦中得知一件秘事
194	洛阳桥上
195	密云
196	夏天的秩序
198	夏天的小镇
199	暑中眺燕山
200	乐器
201	出行问答
203	登绵山怀介子推

205　张家界
206　设身金鞭溪
208　对你说

210　**代后记｜铁皮作为小号醒来**
216　**相关评论**

辑一 | 明亮的时刻

如何用诗歌表达赞叹

太准确了,刀斧手使了一个眼色
太轻盈了,石匠捏着一把汗放下锤子
太生动了,在石板上屠宰羊和鲜鱼
太勇敢了,蟋蟀跳进火中表演格斗
太活泼了,歌舞团旋转的石榴裙
太好听了,鹦鹉吃着火锅唱着主人之歌
太温暖了,耶路撒冷像一个偏见
太整齐了,背靠背的锯齿雪亮地坐着
太镇定了,盲目的睡佛开着火车
太圆满了,泼掉脏水留下了孩子
太美好了,茶话会一浪更比一浪高
太光荣了,请把烧红的烙铁放上来
太幸福了,笑着,忍着疼痛,不出声

2018-02-08

金黄

已经到了这样的时候,金黄
十一月的丰收的金黄,自我的金黄
告别的金黄,挽留的金黄
往事低吟的金黄
也是株连的、失望的金黄

曾经在春夜里激越的,而今
被束之高阁的金黄
曾经从血液里飞奔而过,又
各归其所的金黄
果树们肩膀靠着肩膀的金黄
平息了不安的蜂群的金黄

热爱词语的警惕的金黄
思想和伤病一步步逼近的金黄
目光久久注视的肉体深处的金黄
燃烧过整个夜晚的灯芯的金黄
佛祖坐化的金黄

从工匠和牺牲者当中意外现身的金黄
多年的沉默在一个中午提起来的

金黄。不是用来叫喊而是
用来忍的,疼痛的金黄。不是用来忍
而是用来流的,泪水的金黄
被证明可以不跪的膝盖下的金黄
咬着牙的、最后咽下去的金黄

已经到了这样的时候,金黄啊
不再呼救了,羞耻心!多么安静,多么美
2018-04-12

不饮

黄昏时分酒宴四起,我左顾右盼
不饮,让我仿佛独立于世

小口如雕虫,大口就像当头棒喝
不饮,耐心的木匠握着清醒的钉子

假如喝酒是反复在词根上浇花
那么不饮,标题下的某个物种是否会消失

努力活着,拍击钢琴,在庭中烧炭
不饮,过气的雄心是否还能死灰复燃

而你们的炮兵开始叛乱
推杯换盏,悬崖欲倾,群峰需要飞跃

举座的英雄和美人到了沸腾的顶点
我不饮,却悄悄积攒了一个骠骑兵团

低头认命的人,语法必然卷刃
不饮,又怎么解释这种横行之美

格局破裂了,但河山畅快
你们五十步笑百步纷纷渡河

快马加鞭走到了人生的另一面
不饮,我在边缘地带行百里半九十

终于不饮,使我像一个落后分子
无法与你们联手,到达彼岸

2018-08-20

冬夜独坐,有所思

天,很久没有下雪了
我,很久没有喝酒了
毫无来由地想起喜马拉雅和云南
这么高远,又这么亲切

像是屈膝对坐,被一双金色的眼睛静静地看着
像是面朝神龛展开笔记,但是不写
像是有许多心里话,但是不说

像是寒冽的冬夜一块劈柴,挨着壁炉
在堆满书籍的书架旁舒服地烤着火
像是面包芳香,刚刚做好

我知道外面,是无边的月明地儿
马蹄声越来越清晰的时候
这时候,像是
雪有了,酒也有了

2018-12-30

流水曲

我已经在溪水边坐了很久
铅芯似的小鱼笔直游来
有时候,不知何故抖起了机灵
翻身一亮,献出满把细软的银子
水流中间有一块圆石,粉红的
恰好露出水面三分之一
清波从两边分开,然后合拢
那样子,像某种原谅,和享受
我并不认为自己在思考安静与自由
取悦阻挡太平洋的堤坝
让块垒最终更替为细沙
但有些变化确实已经发生
我也正在忘记一些重要的事情
小溪眉清目秀,畅快地向前流动
在坡度大的地方突然加速,变成了喧哗
我们原本都有秘密的银光和粉红色
我要直起身来,活动一下弯曲太久的膝盖
然后穿过独木桥轻快步行

2019-09-07

良知

在恒河沙数中,一块
尚未碎裂的石头,是危险的
在跪着的人群中,一个人忽然
站起来,是危险的
而如果不愿意重新跪下
沉默就是起码的道德
而一块石头不再放到铁砧上
就会被一个不说话的盲人握住
在已经降临的夜幕下
称之为月亮

2019-09-13

巨匠

一个屠夫走进饲养场
一万头生猪齐齐噤声
一个铁匠迈进杂货店
十万枚钉子开始晃动
一个木匠进了山
树林中突然刮起大风
但我认为这件事可能是错的
想起一部俄罗斯电影
主角是一个野蛮强大的伐木机器
电影的名字因此叫《西伯利亚理发师》
可能又错了,我接着想到海德格尔
来自德国,身后的女徒弟叫阿伦特
他终其一生,教书,写作,犯错,不悔改
为人类制成了一件虚无的容器
叫作:思
以上这些人,我认为均堪称大师
他们所干的,无一例外全是手工活

2019-11-23

松树的信札

现在,我又说起松树了
当然没有松树
我不过是想起了几位散落各处的朋友
他们的名字中有松这个字
没有也是有,比如苏轼
我就认为这个名字是松木做的
请容忍我的春秋笔法
虽然没有松树
还是能识别那种清醒、慎独的身形
但是怎么理解一个好人默默忍受着冤屈
不妨这样说
松树负雪,纹丝不动
那就让肉中刺,成为肉中刺吧
"谡谡如劲松下风"
多好的姿态
我们可以把浓烈的黑暗当成酒
一起来,看看明月,听听风

2019-11-24

积雪

一些马变成了五花马
花园和草地放松了神经和羽绒
那些树,那细高个子的男人
有些懒散,把果实揣在衣兜
食指和拇指捻着往事的线头

秘色瓷杯,红茶半满
端在手里但是不喝
渐渐变成了三十六度
正好与体温是一致的
哦,又想起她,想起她
黑发向后梳,脖子和额头洁白
在对面
玉一样安静地、明亮地坐着

昨天落下的雪还有一些
勾肩搭背的少年正在过天桥
细密的栏杆像睫毛,一闪一闪
这时候抬眼看看远处,是的
紫禁城上面,露出了湛湛青天

2019-11-30

秘密的经验

对一件事物凝视太久
其中的虚幻性就开始出现
像青天白日进入灵魂和黄昏
大千世界成为天坑的数学
而窥见了秘密的人将会变成瞎子
博尔赫斯就是这样
他让天下，归属于一位图书管理员
并用人民这个比喻
稳定地拥有山河、城市与国家
要成为一个不朽的写作者
这几乎是必然的方法
那么，你可能也会越来越盲目
触觉生活凉热，听辨先秦诸子
仍对世道抱有热望
在黑暗的话语中，摸索幻灯机

2019-12-02

风中作

刚开始是一匹马
而且是白马
青春年少,四蹄如槌
后来是一个骑手
踩踏大地青草和书上的百姓
连孤独都是矫健的
现在,更像一个猎人
把灰色的大衣裹紧
慢吞吞走过丛林
扛着火药枪
警惕着可能出现的大象

2019-12-20

偶然作

至深夜,翻阅某册历史书
又注意到如下这些情况——
掘墓的人挖得太深
结果出现了水井
失败的马队逃得过快
最终站到了胜利者一边
口渴的侍郎杜撰一场雨水
猎鹿人遇到了鹤
饥饿的屠户走进桃花源……
犹疑中,我顺手拿起毛笔
在草纸上写下两个乌黑大字
——妙哉
翻过来,从背面迎着灯光一看
嗬!气象俨然,且在风云变幻

2019-12-23

继续

意识到放在膝头的双手的重量
你忽然感到一阵惊慌

让寂静再深一些吧
手上将多出一把亮晶晶的铲子
在悠闲的时光里挖地三尺

让信心恢复的就是这样一种继续

凡是重复使用的,皆应视为源头
凡是不可商量的,皆应归入信仰

2020-02-09

充分必要条件

想得到蜜
必要,面对凶猛的蜂群
想吃到肉
必要,经历屠戮的血腥
暴风雨中心的宁静
必要,走进去把雷鸣听完整
所有的音乐与诗歌
必要,教导习惯了聋的耳朵
想久久地安心地活下去
必要,首先纪念曾经活过的牺牲者
想搬动老世界铁打的宝座
必要,斗胆从黑暗里提前动手
实现云的松绑和大海的解救
必要,坐在规律的铁栅底下为天地赋形
而怀疑光芒不够的沉默的大多数必要,蓝透
而踌躇的语言,必要
倾洒热血,用我们的身体作为贡献之鼎

2020-02-21

晨曲

昨夜酒后，又梦见了大海
早晨八点钟，从晕眩中醒来
波涛晃荡。拉开窗帘
阳光喧哗扑向玻璃
蓝丝绒卷起一头抹香鲸
2020-02-16

春天就要来了

从白云边,从鹅毛千里
从耳旁风和枕边灯
从葫芦里埋的,闹钟和雨
春天,不论怎么来
我们都会意外似的哎呀一声
哎呀!太阳照着,风一阵阵刮
柳树像女人整理着头发
斜坡在百步外
像刚刚越冬的熊
哎呀,浓密的体毛,那么苦恼地绿了
鸟叫着越飞越远,在一楼听
小女孩沿着楼梯不停歇地跑上第六层
李花怎么开,桃花怎么开
隔壁老王出了远差
他的妻子将更加不喜欢夜晚
夜晚,满天都是星星
哎呀,一群野猫呼唤爱情
而白天不再戒备,人和人靠得很近
深呼吸,握手,拥抱,接吻
放心地将肺腑加深
河水,又一次切开了冒着热气的地球

这是孔子的河水,赫拉克利特的河水
春天来的时候我们哎呀一声
仿佛又一次,活捉了一个新物种

2020-02-23

春天的征兆

好像门窗外有一只骚动的多毛兽
好像万物有灵,喷着鼻息
木头们开始呼风唤雨,向枝头输血了
甜蜜的工作也要启动
樱桃李子栗子梨,好像绕口令
骨肉中回旋着痛和痒的平均律
而最可能涌泉相报的永远是农业
永远是田野。打开的田野
好像一篇平铺直叙的文章
满载肥料的货车颠簸着订书机
滞留他乡的人们回到了原籍
高兴地看着犁铧一行行书写的劲头
而阅读的人好像面临一次相亲
微风轻松,新土湿润
天空又蓝又深,含着几十朵白云
说是雪,说是羊,说是糖,都可以
山河之间就这样播下了一个情种
不要嘲笑这个在上午略显浑浊的人
待到下午他就会清澈见底
三十河东到四十年河西
多毛兽,力量,樱桃李子栗子梨

他实际上可能就是你自己
欲望如此充沛又一次,让你陷入情网
你想张开怀抱一把搂过谁的头
将她灿烂明媚的身体一梳再梳
如果你的心足够自由,你就能飞起来
入夜,月亮将打着灯笼找到你
轻声恳求着:带上我,带上我

2020-03-14

带着一块石头过河

你一举跃过青葱的树篱
又被一段横卧的流水挡住去路
但见清波荡漾,泥泞四布
像一只无赖难缠的神兽
你需要从陡峭的河岸斜切过去

方法论竖着一根食指,叫作
摸着石头过河,你稍加思忖
俯身将其中一块捡起,握在手里
沉甸甸的,圆润,几道漂亮花纹
像某种美德和真理已经得到确认
恰好掂量你的体重,又填补你的空缺

所以现在的你多么稳定!你走在
峭崖和流水之间,不左倾,也不右倾
踩钢丝的困难也被一并克服
生命,得到了齐腰深的平衡
不偏不倚,从中庸之道将沟壑逾越

回到书房后,这椭圆的一块放在案上
你有些意外,它体温不散,冒着热气

似乎具有了语言的能力
那么,你带回的,是一个石头亚当
还是一个石头孔子

你开始担心,你今天的移动
将会影响大地的秩序和山河的本性
而石头却是心照不宣的
有时想它的夏娃,有时背它的《论语》
更多的时候,是一个不规则的镇纸

一道咒语压住书页,地平线不再抖动
2020-04-10

明亮的时刻

此刻你正在信步走着
一条林中路,原石铺就
表面粗糙,摩擦力很大,特别带劲
你若躬身蹬踏,疾行起来
地球就可能加速倒转,如果
顺势来一个虎跳,事物便会
偏出轨道,离题万里
当然,没有别人觉察这件事
不过是你在春天新写的布满形象的一首诗
要把多年搜集的奇峰落在实处
自然准确,不犹豫,又暗藏玄机

你曾经是多么急迫,多么想对人倾诉
落落乾坤,山河颠荡
一个时代的摇篮筛着沙子
忧患迫在眉睫,满身血肉翻覆
你以为自己正是那颗被选出来的好头颅
也曾经,编辑煤炭,散尽千金
你说出的真理反而像是弥天谎
想要别开生面的,却是走上了穷途

幸好你走到了这里,此刻
你引用了一条原石铺成的路径
仿佛在阿基米德亲手确定的支点上
树木专注于内在的需要,吮吸火星
而蒲公英将金黄的野心提取
光辉吐露,照着身旁化为金块的石头
这种闪现并没有别人目睹
几行句子写到这里,已是恰到好处

也正是在这里,你一身细密的汗珠
灵魂,不择地而涌出
它不需要向任何人解释自己的光芒
只是目送你和你的生活
信步走在原石铺就的林中路上
浑身满盈,发觉并领受这明亮的时刻

2020-04-12

黄昏之诗

海浪涌过去两到三次
蜜蜂飞走十之八九。楚王所好
那热甜的细腰
孟加拉虎在液晶屏中张望
罗马军团的盔甲繁重
书房,就是这样一直在下沉
沉到了底,也就更耐心,更安静
阿拉丁擦拭煤块和笔尖
其中的革命,始终有一道视线,以及
格瓦拉咬着雪茄的味道
窗外,春风吹动绿叶初绽的元宝枫
从深山里到来的黑橡木书桌
暮色般沉着
接住了我今天炼出的青铜

2020-04-13

阅读之诗

前些天我去树林
带着一本没有读过的书
然后把它留在了那里。当时
泥土松软,枝条青翠,还有风
我认为这是一个约定
或者,也可以叫作不情之请
如果我想阅读,就随时走到那里
但是,每一次把书翻开
我都会发现,它已经不是原来的书了
《九十九个哲学家的故事》
这回变成了一百个哲学家
而下一回干脆就是《一百个鸟巢的故事》
我理解,这正是树林的性格
尤其在夏季,万物葱茏的时候
虽然会让人感到有些意外
却也并非多么奇怪的事情
不过是我们都懂的
从树林中来,回树林中去
不过是,一本书连同对它的阅读
确认并且接上了自己最初的源头
最后,我要提醒亲爱的朋友

如果你也喜欢阅读，偶尔经过这树林
你很可能了解到一种，主动更新的
无中生有的新学问

2020-04-14

笔记

大风欲雨的天色，碧绿透亮
类似文森特·梵高的眼瞳
有些冷漠，有些狂野，瞭望着
我们头脑的深处和远处
草丛凌乱，泥泞灿烂
无辜的人，失败的人，被爱的人和被曲解的人
在模糊的前途上匆匆跋涉
而巨树于大风中旋转，一把钥匙
战栗着，尝试着
道道阳光投下虬曲的画笔
流淌的大街被金黄的颜料完全收取
玻璃窗户猛然转动，弧线反射
横过渴望的一瞥
翻开的书像一个张开的捕兽夹
野心扑来，将斑斓的修辞一并猎获

2020-04-24

急雨赋

埋头读了大半个下午,对身体现象学
有了一知半解,忍不住
反复念叨作者的名字
梅洛-庞蒂,法兰西的,巴黎的
梅洛-庞蒂。嘿!漂亮又结实
而夏天的午后仍然沉闷,仍然涣散
我仍然要去两公里外,看看那条河
它在那里,还是清冽,还是流动,变化不大
我已经看它许多次了
梅洛-庞蒂,它是不是应该是我的河了
观念的河,甚至是本质的河
难道一个业余诗人,王维的三分之一
只配来看上一看
顺便洗濯那些目光短浅的词语
"行到水穷处,坐看云起时",如此徘徊
一钟头,归途中雷声忽然响起
雨点急骤,粗大地落下来
我觉察到自己几乎成了一截被敲打的木头
哦,为了对得起这草率的激励
我拔足而奔
放出了身体中那个矫捷的男子

我品尝着燃烧的余烬的滋味,接着是
树的滋味,河流的滋味
这正是他的论证
梅洛-庞蒂——"我就是我的身体"

2020-07-01

最好的园丁

要做一个最好的园丁
勤劳不够,不能是五大三粗的莽汉
手艺高超不够,精心的钟表匠
不能理解蚁穴和鸟巢的生动和轻
要做一个最好的园丁
拥有铁锹、锯子和锛子,不够
拥有水龙头、水管和帽子,不够
翘着下巴,手搭凉篷,拥有形象还是不够
最好的园丁心目明亮,头脑清澈
桃李欲火焚身,金银木层层堆雪
槭树满身绿色的羽毛,它要飞
马兰花蓝色的灵魂,要出窍
一旦触及灵魂,蝴蝶就出现了
叹息一会儿吧!最好的园丁
满脑子春秋时代的风流韵事
没有好恶,也不在乎速朽
草木苦乐不均,但万古长青
最好的园丁,在这里也在那里
照耀它们,是一颗自身充沛的恒星

2020-07-02

盛夏的躯体

风琴拉到了开阔地
收获后的麦田金发短促,闪闪发亮
茂密的树冠一律举在半空
身材高挑的女孩在水井旁洗马
汁液四溅,那清香的潮湿的星星
舞步停下来,骨骼愈发峻峭
盛年之肉紧绷
浪子回头用眼睛恳求的那一刻
想自己是马,想搂着它的脖子痛哭
多少呕心沥血的旋涡,掩耳盗铃的往事
将怀抱天下的马头坠下
是否有一条崭新的道路在等待着
意志支撑天边的雕栏
涓涓热血尚在沸腾
这夏日的累累悬胆,青柚子摇荡
在自身的黑暗中,养育嘹亮的嘶鸣

2020-07-04

名字就叫达尔文

有一个人在空旷的地方堆土
已经干了很长时间
孤立的、尖圆的土堆,耸立在那里
弧线光洁,形式完美,甚至骄傲
不知道土堆要用来干什么
它显然超出了所有实际的用途
但它还在增加,更完美也更骄傲
也就是说,那个人一直在工作,是的
就是工作。身心专注,兴致勃勃
像最坚定的一类人那种不知疲倦
像信仰者的那种自觉
在我们中间,迟早会出现这么一个人
叫什么不重要,孔子、柏拉图、莎士比亚
王阳明、牛顿、康德、杜甫、但丁
都可以。起个名字就叫达尔文吧
肯定,会有这么一个人
如果没有,你也能够成为他
如果一次不够,就再活一次
冒着大太阳,冒着误解和风霜雨雪
到足够空旷的地方,找一个原点
于立锥之处,积土造山

打造一轴,听辨天地运转之声

2020-07-06

雨中经过师范学院

雨下了大半天了。沉闷,孤寂,无所事事
你想起当年,在师父身边
他只顾埋头干活,没时间理你
造物主现在也是这样,耐心又专注
装配草木虫鱼和其他应有的事物
你呆坐良久,感觉到某种荒芜
情欲消退,晦涩,已经很难被打动
好像一个用不上的零件独自生锈
应该去雨中走走
让那溅落的手抚摸和敲打
发肤,血肉,直到情绪和骨头
去雨中走走,好像加入造物的工作
好像当年,你终于成为师父合格的帮手
雨中经过师范学院
许多学生,梅兰竹菊,也在雨中
不知道他们都遇上了什么样的师父呀
而你的师父几乎是完全沉默的
沉默但是清楚,轻重缓急,恰到好处

2020-07-09

古校场夏日学射

衣冠不整不可射

形容不肃不可射

器不备不可射

身不正不可射

马未醒,酒未熟,不可射

揖礼毕而恩仇难解,不可射

义师未到,一意孤行,亦不可射

待你和我从古代学成归来,骑龙驾云

星空终于棋逢对手

而且动用了语言和铆钉

于是,圆弧通过直径到达秩序的顶点

肯定了,我中有你,你中有我

周而不比,乃射

酒烈而甜,乃射

喉中见血,乃射

三千重甲,一人越众而出,乃射

暴雨如瀑,其中一滴分明,乃射

于是,从自身深处木秀于林

于是,从周树人出现了鲁迅

我一共射出了七支箭

你留下了同样数量的星光夜

2021-06-06

向大炮学习表达

语言,使用钢坯和铜锭
从空气中瞬间造出一个大洞
怒放与震撼的修辞学
犹如把公牛之头扔向胸口
而旋律,在咆哮深处,竟然是
安静的
全部是哑巴,全部是聋子
节奏也窒息在深处
因此只能用视觉去倾听
舍命的情感,合金的喉咙
群山埋首,用上了所有动词
一边发抖,一边传诵

2022-09-25

尝试

人们制造了飞机用来飞
拉升的时候,平铺的大地因此
壁立起来
古老山水成为激动而倾斜的攀登者

诗句,未必不可以如此制造
试试看吧!按照类似的原理,制造语言
给词,装上涡扇发动机

不仅仅是象形的文具,不仅仅是修辞
而是写作本身
用一架飞机,写一个句子
用一个机群写一首诗

汉语,能否因此获得一马赫的速度
从看似神魂颠倒的片刻
创造出耳目一新的当代读者

2022-12-14

高歌指南

同样作为肉体的乐器,有的歌手
从胸腔登上头盖骨的山巅
声音高处,一片积雪寒冷耀眼
有的歌手,用旋律和弹性
把大海放在云的上头
造出一个波浪翻卷的天花板
另外还有更为特别的歌手
他是男高音,技巧以及形式
因为炉火纯青而被放弃了
唯余决绝的激情,一往无前
能不能称赞他是伟大的歌手呢
他让我们失聪,但是我们能够看见
全金属轰炸机
被他用几条流线送了上去
并在那里呈现,光辉的天体

2023-01-12

膝盖辞典

是动词构成的,名词的半圆。
另一半是形容词的,半月之圆。
是躯体的骨头轴承。结构第二核心。
是曲伸之中,人和人格的铰链。
交叉的配重,平行的括弧,跳跃的传动。
是足字旁上紧凑的、力学的豹头环眼。
是道路的始终,是徘徊与徘徊的逻辑支点。
是归去来的规律,催促千里之行。
是肯定的顿挫,在此牢牢站定。
是吾膝如铁,用铁,勒马回天。
黄金也抬起头来,注视男儿的膝盖。
天地父母和祖国要接受这深深一弯。
给一双膝盖,以容纳委屈和不屈之身。
给两双膝盖,以做同志的倾心交谈。
给更多的膝盖,膝盖,膝盖……
整齐的、热烈的、践踏的步伐催促青年。
我看见膝盖列成了方阵,是一批
骨肉做的词,在兵役中,生出了肝胆。

2023-06-10

辑二 | 步兵带枪飞行

力学课

这种力让一个人成为一张弓,用来
凝聚弱肉;这种力也会让单兵
成为一个纵队,刺刀闪闪
满脸凶狠的纵队让空气弯曲
所以在冲击出发线上
是寒风细雨倾斜着
是全副武装的弓提着七斤半的步枪

在这里肉体将被克服,将向前连续跃进
这里,一头狮子的重力
刚好有一头狮子的引擎
但不是诗歌的炉火映照我们
书生的文弱物理
无法解释士兵,血液和神经的作用力

恐惧是必须经受的另一种力。当死亡
直接瞄准,那严峻的要求,间不容发的
要求,疾速的冲锋必须卧倒
那种树干折断的受辱、压迫和屈服
历史和现实的敌人逼近
勇猛的反作用力就这样产生

蛇形曲线，匍匐和滚翻纠缠的力
恰恰有助于化解矛盾的生和死
尽管对于军人，这矛盾将伴随终身
但此刻完全可以抵消万有引力
跃起，再次跃起。嘿！动作
真是漂亮！拎着脑袋的狮子身
越过了胆怯和愤怒的拱门

如此反复冲锋，躯体滚烫
我们已经完全忘记了细雨和寒风
在步兵战术场上，没有从容的思想
也没有赫拉克利特和他的河流
但我们通晓，因为固执的后坐力
两颗炮弹不会落进同一个弹坑
所以我们从一个水洼扑向下一个水洼

冲击波一次次溅起红色的泥泞
使南方的无名高地成为星光灿烂之处
2021-07-23

在夏天回忆一次夜行军

那年初夏的一个夜晚,没有月亮
队伍在马栏山一带走了五个小时
记不清什么缘故,必须有那次夜行军
就像一趟装满煤炭的火车
货物们困惑又疲倦,边走边打盹

第三列的第四名,要单独挑出来
因为他过生日
他不仅仅携带着装具扛着枪
挎包里还另外装着干粮和一只口琴

为了提神他开始分辨经过的树木
樟树,水杉,梧桐,笨槐,栗子,臭椿
数到三百棵,他已经成功地说服了它们
树之所以要成为真正的树。十六岁
他也是树,一年中翠绿地长了六公分
为了提神他掏出了口琴,凉凉地拿在左手
他也是口琴,要被时光吹奏
他祝自己生日快乐
想写一封什么样的信,寄给远方的什么人

就这样在初夏的夜里,他走了很远很远
直到四十年后,万家灯火中的一封信
我慢慢地读着
当我在夏天回忆一次夜行军。案头
另外放着一本打开的小书
第一行写道:"他者的时代
已经逝去。那神秘的、诱惑的
爱欲的、渴望的、泥土般的、痛苦的……"

2021-07-24

军事志

大地之光照耀牲畜的躯体
脸膛炽热看着手上的铁器变形

颈项挑衅松树,眼睛逼视旋涡
半截原木在雪耻的石板上摔打懦夫

这些英俊的青年人,开始说脏话的青年人
有着钉子一下拍进掌心的奇怪表情

他们是一万头肉牛的苦肉计
要磨炼图穷匕首见的意志

他们也是一万匹烈马的思远道
要经过踏破铁鞋的一种雕琢

苦肉计得把虎牙咬碎
思远道也让山河蓬勃

而墓碑早早树起,棺材砰的一声打开
破釜沉舟投下誓言和决心书

后来是排列整齐的标准炸药
每一天走到寂寞的尽头,安静地等待

巨石斑斓将脱离自身,歌唱着升起来
关山万里卷起危急的词语

2021-07-24

比喻的钢琴

八十年代的某一天,仲春
南方丘陵地带,浅草如茵
我们在练习布设反步兵定向地雷
以前,它曾被美军用于朝鲜战场
更早一些,又称为苏格兰阔剑
现在是中国造的66式,标准克重1580
地雷教员讲解着,用手托着它
长方形。双引信。塑料外壳嫩绿
这种嫩绿色,设置在草丛里
将会有更好的隐蔽效果
一个设问:它的战斗原理是怎样的
重点是它的弯曲。它的弧面上
清楚地写着:此面向敌
一枚反步兵定向地雷只有三斤多重
里面装着710颗钢珠。怎么说呢
它的起爆,相当于71位钢琴家同时
按下黑白键,弹奏
想想看那该是多大的一架钢琴
差不多60米长吧
它将用一秒,在前面30米处造出一个筛子
打这个比方的时候,我们的地雷教员

最大限度张开怀抱,身体成为反弓形

今日午间重温一部意大利电影
忽然想起这些往事
我记得他姓田,博学多识,一口白牙
我看的电影是《海上钢琴师》

2021-07-26

地雷后传

反坦克地雷
要埋设在坦克的必经之处
——我曾经学习这样一门课程
在南方丘陵地带布满碎石和污泥的草丛
低姿匍匐,双手虎口上挂着的地雷每个
十三斤重,恰与脖子和头部的分量相若
它们当然是完全不同的事物
但是假想的敌情和现实困境让它们
彼此交换了部分属性
让一片寻常地面拥有熊心豹子胆
让暴烈的光芒在黑暗中读秒
可以肯定,压力引信和每秒六千米的爆速
那样的一种影响与习得
推动并且平衡了我此后漫长而平凡的生活
多年之后我养成了另一种习惯
冒着大雨从容步行
蜗牛在脚下踩碎,惊雷从头顶滚过

2021-07-28

战争原著

炮兵部队连续用重炮轰击丛林
天空灿烂。碧蓝。闷热
"步兵团占领了
接近G高地的扇形地区。损失巨大
"四连全体军官阵亡
四连继续冲锋
"人们恐惧、暴怒、毫无理智
太阳穴的血嗵嗵直响……"
巴别尔强调：这里的故事是真实的
它来自另一位目击者
来自血流成河的法兰西战场
那么，1870年代的普法战争和他
见识的1920年代的苏波战争有什么
区别？抑或和我所说的
我的祖国的某场战事
有什么区别
不同的时代、地理和对手
不同的对正义性质的强调
对我来说，更大的区别
在于，四连全部阵亡的军官当中
有一位刚毕业八个月的新任排长

他的名字叫李凡。他是我的同学
因为这个缘故
这次关于仿写的仿写，事实上更像原著

2021-08-08

一次送别

那一年的七月三十日清晨
去火车站为实习学员送行
他们将乘坐绿色的军列，穿过
三个昼夜，到达边境
夏日茂盛，漫长，隆隆作响

我经手了那些文件和花名册
动员令上这样表述
九十名见习排长都是好铁
为了变成更好的钢
他们需要去经历，需要去淬火

整整齐齐的队伍，是九十名
一律理着寸头，浑身弹力
与他们互道再见、珍重，互相敬礼
满怀都是壮烈的想法
大喇叭里在播送合唱曲《歌唱祖国》

一年后他们归来
一年后他们归来，是七十六名
重伤九个，牺牲了五人

我又经手了那些文件和花名册
谁没有体会和见识过钟表的发条用力拧紧
从此以后当我遥望远方的地平线
地平线一律是卷了刃的钢蓝色
2021-08-09

拎着一支步枪穿过汉语

如果感到语言的后坐力,顶撞肩膀
你就会目睹这令人惊奇的一幕——

一个人拎着一支步枪,走在
灌木茂盛的山坡上
刺刀的神经,眯缝的虎眼
在充足的光线中那么厉害地瞅着
无须解释,为什么一支步枪
具有天鹅的优美,又是天鹅的反对
为什么挑衅着手又呼应着手
并主动交出命运的咽喉。如果你认为
一首诗也会像一支步枪。你是对的
一样的结构完整,制造精确
一样保持着暴力的阴影与光芒
它们都有自己敏锐的扳机
平庸、倦怠和荒疏将因此被克服
满怀警觉之时,言辞上了膛
这时代是否应当有这样的一首诗
像一支步枪,或者
就是一支步枪
美,刚健,精神贯注,准备着

如果感到清晰的后坐力,顶撞肩膀
那是正有人拎着一支步枪穿过汉语

2021-08-12

第一枪

他听见阳光命令黄铜。黄铜首发命中
他有多么好的视力
几乎看见疾速的光斑钻进红土
几乎看见未来,犹如当胸一击
他证明了一块铁不会废弃,甚至铁
经历忍耐和锤炼,会有更多可能的铜
长林丰草,野心青翠
他梦想成为百万军中最好的那一个
但打出第一枪的他多么紧张
他是少年,少年的紧张是新婚之夜般的紧张
这隐秘的战栗,将长久地延续下去
许多年他携带着凛冽而炫目的悲剧气息
出乎意料,又百步穿杨
许多年,他喜欢献身的果决的弹性
子弹从一个胸膛到另一个胸膛
他成为自己,同时成为敌人
许多年,他明白这才是构成命运的铁和铜
而这时在语言中
他又将一个人的扳机搂到少年时刻

2022-08-01

步兵应该如何飞行

你是个步兵。你曾听飞行员描述
如何驾驭命运之铁,飞上天空
并且产生音乐,开出花朵
但是关于飞行,你也有自己的方法
如何从自我内部,克服沉重和黑暗
如何,更快地奔向荣誉和前程
早操时间高呼口令,以及
在单杠、双杠和木马上翻飞
都会隐隐有振翅的感觉
而更为可靠的情境是五公里武装越野
如果你又刷新了自己的成绩
血液的加速几乎冲出头顶
那样的欢欣、骄傲,那样的沸腾
你感觉你已经有一架飞机了,虽然
你是个步兵
有一架飞机就一直向前开
虽然你是个步兵,你并不离开地面
但是,即使不离开地面
你也能够一直飞进蓝色天空之中

2022-09-25

正午时刻

星期日,演训场上兵阵烈烈
你正在指挥战车,投入搏斗
荒野,为装甲的轰鸣和弥漫的尘土所填充

两千公里外,北方小城
你的女儿,刚刚从滑雪馆出来
走到阳光下
她因为突然的灿烂和温暖双眼蒙眬

你再次大声呼号的时候
你的女儿正要登上公交车
她仿佛听到了什么
你的明珠,茫然回头,看了看身后

2022-09-25

大器

关于战略导弹我们知道什么
一个暴力仓库,外貌简洁、流畅
却满腔火焰的惊恐物理
数千公里精确的尺子,计算着
深渊底部,那辉煌的烈度
在彼为终结,在此为保佑
意志炽热,拥有落日般的必然性
它是,所有武器中的武器
类似复杂斗争叙事中的主人公
类似思辨上的终极顿悟
发射架将巨人之锤悬在世界之额
我们提着起重机一样的心,我们知道
确有一种对话用的是忍耐和沉默
深不可测,一言九鼎

2022-09-30

恋爱中的海军

雨后清晨,一层薄薄的雾气
看她带着波浪,穿过马路
哦,她有大海一样的波浪和天赋
泉水也从广场心中升起来了
怎样把一生最美妙的话对她说
花园里鸽子挤着鸽子
嘴唇焦渴,喉间响着低低的鼓
上午去远游,登一座青山
回来时手握碧绿的诺言的新枝
到夜晚,在桌上支着胳膊肘
看她甜美的脸,几个小雀斑
时光悠扬,酒杯深远
她宠溺的眼神里
大海浩渺,有一艘军舰
2022-10-02

野营地

我们曾在荒僻粗蛮的地方野营
每个夜晚怀着梦想睡去
每个早晨又被光芒唤醒
因此梦想和光芒,既是
对我们的教诲,又是痛苦的知识
在绿色灌木和红色尘土中
我们倒下又腾起
昼夜无尽重复
青春水落石出
四十倍望远镜在四十年后能够看到的
仍会忽略嘶吼的嗓子和狂热的眼睛
只有一群刺刀
心无旁骛,向终点奔去

2022-10-05

讨论课

一张战地记者拍摄的写实照片
做成了书签,夹在《现代战争史》中
应当是激烈的巷战之后
子弹洞穿墙壁,撕裂了饭桌上的
一只玩具老虎……

当我们翻阅课本,弹洞和破碎的老虎
便会出现在任何一页,反复
要求我们注视它,回答它。那么——

一颗子弹会多次穿过同一个弹孔吗
老虎会被同一颗子弹击中多次吗
如果你是一个孩子,或者一位父亲
加入我们的讨论吧。可以
用上唯物主义和唯心主义的全部方法
你甚至可以,让这颗子弹飞回去
从老虎的伤口,从已有的弹孔
穿过屋脊、原野和历史,飞回去
枪口后面的人,注定无法逃避
枪口后面,是另一个孩子或者一位父亲

那么，此刻你是否会，犹豫一下
这正是人类永恒的、为难的事情
每一次，我们的讨论都不得不在这里停止
而子弹仍将继续飞行

2022-12-14

轧钢车间见学记

近距离观察一块铁,被烧红
看它炽热的、红亮的样子
火焰和打击,是怎样让
事物的本性,被克服,同时又被
更强烈地唤起?我通晓其中的逻辑
因为我也曾经穿过荆棘与泥泞
在生与死的概念中,淬炼并认识自我
轰鸣,迷失,沉默,清醒
从灰烬与失败召唤出来,然后耐心等待
即将到来的胜利与光荣
我曾经触摸堆放整齐的巨大型材
沁凉的知音啊,彼此交换心得
我感觉到那炽热的、红亮的
仍长存于我们,各自冷静的身体之中

2023-01-06

爆破手的似水年华

爆破专业的优等生,军校毕业后
他干的第一件大事,是炸飞机跑道
清晨,一小队人马,带一卡车雷管和炸药
打孔,装填,然后起爆
混凝土纷纷破裂,大地因此生动
那是春天的三月。膨胀,炽热
那时他十九岁,不喝酒,早睡早起
入睡之前读书,他读的是《哈姆雷特》
他想象,机库里的飞机也是面壁者
他想象未来,还要干多少惊天动地的事业
新跑道修成是后来了。一个时代转瞬而逝
再后来,雷管和炸药成了血液里的一种知识
此刻,往事让一架飞机出现在春天的夜晚
记忆所及之处,那年轻的,那一枕黄粱的
银色骨骼,赤裸,昂贵,闪闪发亮

2023-02-02

女兵闪耀着

美丽的女性穿上军装
为什么会显得更美丽
强大的组织提升了美的强度
钢铁共同体让其中的玫瑰避免了凋零

枪炮和鲜花在冲突中合为一体
为什么锦绣盛开,涌起波光
革命的芳香与青春的提琴
触电的一瞥照亮了荣耀的精神背景

那强烈的,敏感的,有洞察力的
为什么情同手足又饱含着拒绝
"告诉她我们多爱她和多想她"
我们的蜂巢中有多少箭杆与春风

2023-02-15

让我们赞美大个子战友

集合的时候,大个子战友站在最右侧
向右看齐使我们成为史诗中的一行
解散后又成为精力过剩的公牛帮
大个子师兄只是微笑搓着手

行军的时候,大个头走在前面
我们只能看到他的虎背熊腰
那么有力那么宽厚
几乎是掩护我们的岩石和陶土

阅读的时候,战争故事终于翻到了
需要叙述怎样走向战场的那一页
名言讲,必有人"肩住黑暗的闸门"
俗话说,天塌下来有大个子顶着

天空灰蓝,大个子战友走在我们前面
钢盔和优势生理在他头上形成了光环

2023-02-18

平时军事生活审美指南

当春日晴朗，骏马长枪
一个中士在草地上走出很远
天上有云但风雨不起
边境紧急却无人来犯
连部的中尉读完了边塞诗
已经在看更为古老的书，所谓
"师之所处，荆棘生焉
大军过后，必有凶年"
理想主义者必须从最为悲观的角度
保持终极的警惕
军事生活就是这样一种修长的马刀
审美，则像在利刃上旁观雕龙
此时战端未起，尚无危险
参谋们忙于往来照会，送阅公文
收回目光的上校忽然想到解甲归田

2023-02-20

夏训日志

是日,满负荷奔袭六十华里
之后望见作为方位物的独立大树

用跳眼法配合陆军尺,测算
胜与败的间距,手绘一幅作战地图

兵力,弹药,可能的战损,以及
机要通信,红蓝箭头中奔逐的鹿

作训日志的背面谁写了一行古诗
"上马击狂胡,下马草军书"

二十岁的夏天正当繁盛时候
枪刺打开时,撩起了山河的一角

丘陵滚动深草和灌木,风声渐急
到处是翠绿老虎

2023-04-10

又一次说起李凡

四位军校同学久别重逢,许多
散漫的话题之后,又一次
说起李凡——他方圆清秀的脸
他的大眼睛,左肩右斜的军用挎包
他笑起来有两个深深的酒窝
他是108位同学当中唯一死于战场的那一个
那年,在边境,军校毕业八个月
悲伤的父母的儿子
兄妹中的哥哥……
说到这里,沉默出现了
时代是怎样握住了心中的往事
这是2023年暮春,空气芬芳
沉默——
是稠人广坐之中滴水穿石的,那种沉默
是树根扎在腐土的黑暗里的,那种沉默

2023-04-13

静夜思

如果李白来到军港,今晚
他将如何用现代中文写一首《静夜思》

放弃月光和它的依稀可辨吧
相控阵雷达,让世界精确到颗粒
保留一种朗朗上口的轻盈语感
但需要替军舰寻找音节
并且押上二十万吨排水量的韵

他会再次感叹吗?眼前有景道不得
航空母舰停泊在深水码头
明月照耀着。大海仿佛一个刀鞘
巨型风暴在其中跃跃欲试

2023-04-17

暮色

如果在暮春,如果在黄昏
听到有人说起一个熟悉的名字
如果这个名字属于一个牺牲者
你会感到夜晚在降临

如果记忆触到了痛处,回想起
山岳,丛林,瘦削的青春
生还者心中如果有一粒水银
你会感到夜晚在降临

与子同袍,意味着共同承担命运
如果怀念,是反复的告别和重聚
如果你是一个军人,归来的
军人,你会感到夜晚,在降临

2023-04-20

远程拉练中的数马者

一群马出现时令人惊诧
你一时很难数清有多少匹马
尤其还有年轻的士兵骑在马上
这让骏马的数量多出一倍
尤其它们一直在奔驰
百分之百肉体的星星,百分之百的闪烁
又使它们增加了更多
马外有马,因此马不属于常数
你需要理解灿烂的火药和新鲜涌动的血
马不停下,因此扔掉了规律和木桩
你需要从圈套和锁链之外度量岁月
当一群马在语言中出现,远方和命运
就像草原一样辽阔地绿了
警戒的马,酩酊的马,在胸口无穷颠簸
你需要完好地保留一套马蹄铁

2023-05-08

你也曾经攀援钢丝吗

有些事物因极端而美
极端之美,如一条道路
诸如大海凝结一颗盐
脚尖上立锥的芭蕾舞
而士兵要在日课中,通过钢丝
这是非常相似的事物的原型
但其中肝胆,多了忧惧和孤独

他已经度过了夏天和秋天
他的作战靴和手套已经磨损
他已经熟知训令和制度
但缺少工具理性,没有作业成果
只将肉体专注于悬挂
咸涩,尖锐,迫切,不可消除

你也曾经在钢丝上攀援吗?是的
这样的注意力集中,这样一颗星
只可能来自军事,和冬天的凛冽
有一类诗歌的写作也是如此
在这里,士兵和词语,经历着
海水的渊薮和刀刃的渊薮

让自己的险境，成为自己的坦途

2023-05-12

往事如黎明

夜宿军港附近,波涛隐约
往事的车轮又从心中转动了
同志们年轻的脸若隐若现
激动的内燃机彻夜不停

但遥远的、浮沉的不是军舰
而是步枪、解放鞋和推土机
洪波涌起时,又听到队列的脚步声

多年过去,一个历经沧桑的陆军
仍然会和整个军营一同醒来
需要怎么解释啊!在黎明的海边
他梦见了绿色山坡上的滚石

2023-05-20

排雷纪事

当代军事中有一个最好的工兵吗？有的
在江山和寸土，行动和语言之间
他用一种本能的方法埋设地雷
却有一千种方法去排除。如果
他读过莎士比亚，就会有一千零一种
挖掉它，引信取消它，压力自毁它……
数不胜数的工具用于对付怪力乱神
关键时刻，也拿身体去滚。当然
这是不必过多解释的。夏虫不可语冰
对于天赋和责任，最好的工兵相信
虽然被埋没但是翅膀还在，所以
读诗，看雪，望云，并且出神
是象征的，也是理想的
而这一次显得有些奢侈了
在一个午后，他竟然召唤出传言中的
天岸之马，用一种超验的方法
排除地雷阵，通过了开阔地

2023-06-16

小男孩的爆破课

第二学期第四周,爆破课野外作业
一吨TNT被我们搬出仓库,装上军卡
沿着丘陵间的砂石公路,车轮颠荡
炸药很安静,我们也很安静

途经一片果实累累的橘子树林
有人发问:一吨TNT威力究竟多大
教员打了个比方:一个苹果
从3米高的树上落下
会产生7-5焦耳的能量
而一吨TNT可以释放4-2千兆焦耳

数学好的同学很快算出
相当于5-6亿个苹果
是的!在橘子林里,我们
用苹果和古典力学理解爆炸——

1945年,名为"小男孩"的原子弹
拥有1-4万吨TNT当量
如果将它替换成苹果,全球派发
每个小男孩可以分到大约3000个

2023-06-20

坦克的滋味

"天苍苍,野茫茫"
这是古典诗歌中最接近坦克的一句

母语风吹草低,推出宏大叙事
一辆坦克书写并继续书写,如果不回车
另一辆坦克会另起一行

装上了12缸的发动机
语言,确实会有浓烈的柴油味道
55吨的顿挫,需要1500马力推动修辞

来吧,尝试一下把油门踩到底的感觉

那是一种比樱桃、梨子和牛羊,更汹涌
也更准确的滋味
天似穹庐,装甲冲冠一怒
乱军之中径取上将头颅

2023-08-06

雨夜潜伏四小时

如果没有在地上俯卧四个小时
你不可能理解泥土
更不可能理解大地
没有在深夜的野草和荒坟之间
睁着眼，淋着雨
不可能年纪轻轻就有了足够的耐心
等候种子或者根

这是最基础的训练，你和自我
彼此深陷其中又置之度外
比时间更细长的冰在火炉里。如果
没有完成对死后的一次模拟练习
并且看到流星出现

你不可能获得骏马或者狮子的腾跃
你又怎么能发出誓言，输肝剖胆
效命于你的人民、国家和集体

2023-08-10

再来唱一次《浏阳河》

我们曾在浏阳河上架设舟桥
材料强壮,我们也一样
最结实,最沉重,完全是
进化论中的恐龙。许多年过去了
还记得雨夹雪,同志们冒着热汗
浏阳河即将弯过第九道弯
应该怎么描述工兵分队的专业行动呢
那婉转河流上的不朽质量
牢固的、钢铁结构的形而上学
你是不是也会唱那支悠扬的歌
那么再来唱一次《浏阳河》吧
我要回过头来告诉你
我们在为红色歌曲装配绿色的骨骼

2023-08-16

埋伏者说话了

我不动,就像一颗八月的恒星
我的能源充足,寸发乌黑
乌黑的眉毛下是乌黑的瞳孔

我的捷足和列车收在矿井里
肩胛的石臼,囤集乌鸦和石油
我随身带着比深夜更深的火山口

我让我的蚂蚁在身上画栋雕梁
我把我的红鬃烈马释放到霞光中
我与死神抵掌而谈。它和我一样年轻

我在说,火焰喷射器和掌握它的士兵
哪些是表面的,哪些是心底的
其实我在说,我如何饲养一条龙

2023-08-20

景深

最后一只羊离开辽阔的牧场
积雨云像命运一样,来临了

领航员在夜色里洗手
塔台,放到大熊星座之中

太平洋一波未平一波又起
夸父的铁鞋开始轻轻叩击

千钧泰山已经在纸上
鸿毛微微抖动,等着风

2023-09-23

辑三 | 进行曲

玉兰树下的费尔巴哈

多么大方！开放的玉兰树
像一位好脾气的、芳香的女人
她来自造瓷工场
翻开了崭新的《诗经》逐页来读

多么优雅！湿润的顺从，洁净的性
酒杯和韵脚起起落落
收拢"一切自然事物的总和"
肺活量鼓舞着甜蜜的敲门声

多么俊美！在春风中
白马满树，扬起蹄子翻飞
出于"自身的全部原因"，
用这样的修辞，赞美自我和他人

多么皎洁！可以把它放到诗里
当作一个光源。如果变成鱼
就是甩动的白鲢，如果拟人
就是一直渴求的明月般的心灵

忽然到来的安静让人纳闷

仿佛钟表匠,从人生里铩羽归来
在松软的泥土上安家落户
昏睡的人又被远方来客一一唤醒

多么明亮!在诸神的黄昏开放的玉兰树

"我与你的会合处是上帝"
仿佛一颗守株待兔的幸运星
在蜜与泪水一同流淌的苍茫国度
要等到傍晚时分,你才恍然大悟

*引号内的句子均出自费尔巴哈。
2018-04-09

初春的列举

一年结束了,许多事情,已经发生
西方列举东方,少数列举多数
心列举身,绿列举红
老实人,列举冒着热气的地瓜
撞了南墙的行人,列举满天星

我支持牛粪,列举鲜花
但反对人渣,列举人
人渣,当然也可能被列举,如果
因为正当的爱,如果他们改邪归正
稀脏的人也可以取一个芳香的笔名

一丛鲜花列举开放的天堂令人欣慰
一个孤绝的人列举全人类让人担心
幸运一些,还能看见
被浸泡过的姑娘,列举雨中红伞
雨后有个哑巴拾阶而上,列举彩虹

初春之夜,轮到我疑神疑鬼了
不是医生却要列举:人有病,天知否
不是值班的气象员,但一直

仰望着天穹反复琢磨，要不要列举
那个表面温和的人，私下养着一场暴风雪
2018-04-13

要给你写一封信

写出鱼。鱼
在手腕上忽闪,鱼
在动脉里游泳
我不会再把它放回大海去

写出图钉。图钉
按在掌心,只占祖国中的一小块
只要人类中的一个人
不共享,不归公,离开集体

写出蚕。蚕
像一个柔软的病句,埋头
在一片绿树叶上面
不见泰山,不识抬举
慢慢地抽丝,慢慢地纯洁
慢慢地,让自己好起来

写出盐和雪
立誓的盐和无尽的雪
教导山河,在秋千上坐下
不由自主地摇晃充满音乐的身体

2018-12-19

三月饮酒读诗札记

乃是曹操写出了真正的酒
厨师们放下屠刀,开始剥削竹林
这世道不会放过嵇康,但会成全刘伶
反倒是李白提取了真正的醉
此后即使无酒无杯
举手也可以有万里穷途的微醺
一道虚荣的弧线就此形成
"千秋万岁名,寂寞身后事"
这是杜甫在鞠躬
夜深,人静,鸡鸣过三省
宫殿前海棠放火,山坡上野草点灯
花开朦胧之后,又一代自纽约归来
理论圈点女诗人,拣出了两个好看的
作序,评论,望梅止渴
人欲在此,真理须宽衣解带
文雅的学生突然说起了脏话
几个恶棍,变得消极又安静
"伟大的诗篇不是写出来而是活出来的"
如果,李白与布考斯基对坐
会怎么样?会怎么样
他们可能也在喝酒,不停地喝

但会不会写诗？像比赛
家国天下，噩梦，性和酒精
让他们称兄道弟的，是什么要命的事情

2019-03-12

我们应该如何相见

我们像同学那样见面就好了
一起读过高山流水的课本
一起做过清风明月的作业

我们像乡亲那样见面就好了
一起吃过唐朝的盐和宋朝的面
一起捏造沙子的皇帝和泥巴的神仙

我们像同志那样见面就好了
烧过炉子打过铁
绣过组织的红旗,踏过反革命的雪

我们在无人的孤岛见面就好了
赤裸相对,坐着或躺着
说了一夜的话。大海,在外面滔滔不绝

2019-08-21

南方花园

三月的第一个礼拜天,疾行九圈
塔松静立,玉兰萌芽
他用斧头的眼神仰头望天
毕竟还是个怀抱激流与火山的人

四月的第二个礼拜天,正午响晴
改天换地的雄心,刚被冷水浇过
碧桃和牡丹盛开了,像一口软下来的钟
他收回无用的远见,弯腰去看小蜜蜂

八月的第三个礼拜天,雨后见彩虹
紫藤怒绿,黄栌怒绿,银杏怒绿
任何思想教育都不用
钻牛角尖的人走出了死胡同

八月的第四个礼拜天,读书一下午
饮酒两三杯,然后把一首诗写到深夜
深夜,荆条和建筑都是黑的
忧郁的人却变成了一个芬芳的过客

孔子的徒弟说:生死由命,富贵在天

尼采问：你们中间谁能又笑又在高处呢
不必解释，在中关村南大街
道路尽头无来由存在着一座南方花园
2019-09-05

健身房短歌

我有我的哑铃语言
我有我的杠铃韵脚
举起了自我阴沉的体重
心脏急促跳动,响着恺撒的打击乐
我的名字叫阿基米德

泰山石敢当胡撸铁管弦
罗马角斗士高唱不锈钢之歌
汗水摔八瓣,七窍生紫烟
虎背熊腰的嗓子呼吸巨浪大波
我的名字叫阿基米德

双臂支撑屈原捐躯的酸痛
大腿集合殖民地紧急的军火
深蹲金字塔,端详大天平
一次次翘起那五胡十六国
我的名字叫阿基米德

人生在世不称意,总有一天
我要我的狮身人面
披戴一身秦始皇的灿烂的皮毛

我找到我,搬运大海,运转沙漠
我的名字是阿基米德

2019-11-23

这时候我们如何写诗

这时候,我们不愿意面对现实
这时候,家家关门闭户
这时候,我们不愿意说话
石头在深处,吃力地滚动

这时候,远方走投无路
一座城市,成为具体的黑铁
沉重的,三角形的城市。这时候
苦酒和药水需要共饮的嘴唇

这时候,尝试着写诗让人心中愧疚
而命运逼迫炉膛和冰雪。而这时候
如果悲哀和苦闷也可以作为一种源泉
磨盘和语言,就可以忽闪着升起

这时候,我们要在一起,奋勇坚持,写诗
这时候月黑风高,不一定是星光
它与面包、蔬菜和口罩放在一起
这时候,我们说诗是什么就是什么

2020-01-29

黑夜不再是黑夜

漫长的黑夜降临了
哦，那面貌模糊的天使
进入了黑暗的最深处
没有翅膀，一身重负，但是发着光

那纵身前行的白色的身影
是多么令人惊叹
多少人想要正确地模仿
那缺少支援的搭救的姿态

应该是这样，就是这样——
与死亡的静静的搏斗中
没有翅膀，一身重负，但是要发着光
如此一来，尽管是黑夜也不再是黑夜

2020-01-31

叹息所

谁来和我一起啊
看窗外越下越大的雪
没有,没有孩子,没有尖叫
没有人,也没有人的激动和喜悦

谁来和我一起啊
经历这忧虑和沉默
无边的寂静,警惕的寂静
孤立的屋顶忍受着漫长的雪崩

谁来和我一起啊
解释这不安和无能
眼眶里饱含泪水,什么也无法做
这自责的心,这负疚的、哑巴的雪花

谁来和我一起啊
直视罪与耻并且忏悔
蝙蝠的脸和睁着的但一无所见的
眼睛,多么像某类堕落的天性

谁来和我一起啊

倾听黑暗深处的幸存者呼救
让写作，下一句推翻上一句
让音乐，所有的旋律成为安魂曲

谁来和我一起啊
叹息，叹息着期待光辉
这一刻，前来救赎的英雄开始说话
给我们允诺，并匍匐着展开艰巨的工作

2020-02-06

以后我们将怎样说起今天

那时候今天的一切已经成为往事
我们一定还记得孤岛上的生活
这么说吧，那是每座房子的孤岛
每个人的、单独呼吸的孤岛
也还有，双亲离去的孤儿的孤岛
老年人贫血的、痛苦呻吟的孤岛
语言枯竭，什么也不会说

当时的整个冬天，我们堆积煤和铁
想着要在装满余粮的仓库中独善其身
也还隐约记得应当为别人送去救济
我们期待风雨春归，冰雪消融
那巨浪到来的历史时刻
好有机会把自己重新浇灌，又悔恨着
以为不会有惊人的意外发生了

直到一个微雨的清晨或者黄昏
一阵脚步叮叮咚咚，几个人突然
从街头向我们走来。他们抄着衣兜
吹口哨，接着又做出警醒的手势
他们的出现，是怎样影响了人的脉搏

以及国家的医院,让紧绷的神经松动
积雪和落叶慌慌张张滚下屋顶
让我们也忍不住想对别人喊叫
仿佛一口钟,正被什么勇气鼓舞出动静

尽管说起来多少有些神秘,他们
却不是从天而降的,他们男女各半
穿着凡人的外衣
有一副好市民聪明又谦虚的样子
他们看起来比我们都要年轻
其中就有那一位用绝对的方法
为我们治疗盲人瞎马的眼科医生

而终于,霹雳的手腕分开混乱的树枝
在金黄的光束分开纷乱海水的时刻
溃散的泡沫中建立起了巨石阵般的秩序
而四面八方的支援,多么慷慨的倾泻
而四万名天使俯身救赎
没有翅膀,他们用弯曲的脊背抵挡恐惧
他们连声呼唤,手臂紧急
终于从泪水与灰烬中捧出凤凰……

哦，以后，我们将怎样说起今天
那时候，应是在车水马龙的大街边
我们端着酒杯坐到一起，又骄傲又感伤
心里回响着明澈湛蓝的奏鸣曲
我们随意谈论往事，看着条条光线
重新释放出来的这一切

那多像一个传奇电影的场面
当时，词汇虽然并没有找到美学的嘴唇
但随着敲钟人用尽力气，倒地不起
逆行的人转过身来投注疲惫的笑容
仿佛刹那间，海枯石烂
一夜之间所有孤岛终于连成一片
惊恐的喑哑的心开始涌向建设的赞美诗

正如《国歌》中所唱，起来，起来
我们发现可以变得那么坚忍和勇敢
而麻木的膝盖，原本
这么容易直起，而我们原来是钟
曾经那么沉默而这时开始发光并且轰鸣

我们忍住疼痛,不畏惧也不忘却
并且,挑起属于我们的重担一路走了过来

2020-02-08

二月十四日在林中

一只松鼠前爪交叠
在松树下祈祷
给我果子,给我一个果子
它于是得到了一个果子

松鼠接着祈祷
我还要伙伴,给我一个伙伴
来了一个带刀的猎手
它其实想要的是写诗的好朋友

饥饿多么诚实
生活因此得偿所愿。多出来的
精神要求则令人羞怯
又爱又怕,被道德律一再训诫

2020-02-14

进行

雪在窗外无声地下
拿一把刀子缓慢地磨
利刃报着清水
心里想起了马鞍和彩虹

2020-02-16

大雪日,头痛,不药而愈

2019年12月初,我曾经到过武汉
并在笔记中粗略写道
"今天大雪节气
我已于昨日黄昏过江"
会老友,饮酒,聚谈至深夜
上午无事,又抽烟,聚谈至午饭
无关诗书,多是家国、历史、革命
间杂一些人名和左右跳动的词
午睡无梦,一小时后起床
觉得阵阵头痛
独自坐下,认为应当用诗句来表达
于是写道——
成吨的煤块在闷燃
秤砣锤着厚木板
铁皮屋顶上的核桃滚来滚去
定音鼓的胖头鱼的神经元……
这时有人敲门,邀我湖边散步
一番寒暄,告辞不往
回到桌前把大雪两个字
慢慢默诵,慢慢写了十遍
大雪,大雪,大雪,大雪……

奇特的是，头痛渐渐消失了
仿佛石头缝里铁青的拳头松开
出现了金灿灿的雏菊
又像是，一阵风吹动窗户
乱枝纠缠的黑松林就地解散
最后一行——
波光粼粼的长江中行驶着大船
"此地是否存在一种神秘的能力？"
我如此猜想着，顺手写下诗的标题
《大雪日，头痛，不药而愈》

2020-02-16

春天在拖延

天上有云朵
地上有积雪
这是春天在拖延
小云骑着大云
准备过河
这是多么顺利的事啊
可是春天在拖延
所以一个人来到了河滩
他像拉开的风琴
发明了声音，连连呼喊
先是让自己轻松起来
接着又跑又跳
像一匹马变化着外形
好像忘记了春天在拖延
然后好像一切又都想好了
因为热爱，要活着，要开凿
若站住不动，就热气腾腾的
是一只酒桶
若向前匀速奔跑起来
就成为一道金银的流水淌过河滩
眼看着小云骑着大云过去了

河，起伏着翅膀似的两岸
没谁顾得上所以忘记啦，春天在拖延

2020-02-16

春天的恢复

门正在还给房屋
锁正在还给钥匙

汽车正在还给公路
轮船正在还给江水

拥抱正在还给双臂
亲吻正在还给双唇

远行人正在还给千里故乡
一头秀发正在还给女护士

红男绿女还给大街小巷
推杯换盏还给集体宴饮

畅快的呼吸也要还给肺
诚恳的语言也要还给嘴

归来的英雄还给家庭
纪念的姓名还给石碑

而还给我们的还有热烈的酒碗
还给朋友还有肝胆相照的火堆

工业的无尽轰鸣还给流水线
数字的寂静针尖还给云计算

焦急的汗水和种子一同还给田野
泥土的手用力解开了春天的喉结

还是那，还是那欢欣而痛楚的睡狮
风雨之后的人民，风雨之后的山河

2020-02-20

细雨吟

细雨下到了早晨
蓝色羽翼的喜鹊没有鸣叫
那是细雨蔑视我
因为,足不出户
我的肉体是咸的和腥的
古诗中,堆着
无法举火的木料

细雨下到了午间
小孩子嘟嘟囔囔
因为没有吃到鲜艳的糖
天上的老爷子和老太婆
不停地纺织,细雨
因为长久得不到修剪
长长的头发,遮住了耳朵

细雨下到了下午
女人摸过的石头,渐渐变甜
我生硬的枯燥的语法
也要被细雨增删一番
而春天的意中人

在远方咬着嘴唇,紧紧捂着
诗里的花园和身体的海面

细雨下到了黄昏
千里百里,小镇安静
没有花朵也没有人
还是禁闭的时间啊
大地,平放一把绷着神经的大提琴

细雨下到了晚上,终于
开始像一首奏不响的小曲
一条鲤鱼,还是
过年的时候养下的
拎起来看看,还是
半个月亮
映照我和聋哑歌手
在春夜的门禁里,轻轻地唱

2020-03-01

软骨头小调

你成为水吧
一再流过我的指缝

你成为黑发吧
一丝丝白上我的皓首

你成为右手吧
捏住我左边的耳垂

你成为左手吧
五指扣住我的右手

你成为缰绳吧
牵着我的驴马牛

你成为石油吧
灌进我的内燃机

你成为双肩背吧
永远抱在我背后

你成为翅膀吧
带着我一次一次飞走

你成为珍珠吧
长在我海洋的肉里面

你成为鲜红的肌肤吧
覆盖我浑身的软骨头

你这样成为刀子吧！刀子啊
扎进我日日夜夜的软骨头

2020-04-03

邀请一匹蒙古马

春天的午后长风忽起
我击掌为号,将门窗打开
一匹蒙古马便依约前来
倒也说不上高大,恰与我身量相若
彼此拥抱时,满身汗味格外浓烈
尤其毛发旺盛,男性雄壮
但是粗中有细,翻山越岭时
尚背着一袋恐龙为礼
我也就放出海量,气力攒足
摆上宴席和诗书
话说一体两面,饮下四海五湖
浑身激动,跃跃然,按捺不住
它甩一甩脑前的刘海,纳头便拜
见事情到了这个地步
我也取下了男人的面具,弃之不用
求同存异,打个响鼻给你听听
如此一来,马就有了两匹
其中一匹雪白,另外一匹枣红
眼下正当春光一派大好
无妨趁着酒意即刻启程
夜行八百,穿越北方数省

这还不算，我们还要风餐露宿
再到山东和海南
访问一些亲戚和朋友，知名不具
啃坏他们的菜地和果园
长江以北，可以缓步徐行
南方繁茂，却更为炎热
我们需要跑得更快，在速度中乘凉
如此大开大合，天南地北往还
还能保持骨骼俊美，皮毛清爽
多少人会抬起头来在地平线上注意我们
祝福那些人！他们将聚到火堆旁
兴奋谈论，然后零点时分倒头睡去
劳累的妇女将梦到初恋的情人
而男人，则会梦见绿色的宝藏
放下锄头，在热烈的欢迎中
加入队伍，共襄盛举

2020-04-04

书架上的马

有的远行再也不必归来
有的归来再也不必告辞

我和一匹蒙古马,几十年颠扑
早已商量过灵魂和肉身的事情
由于彼此信任,情谊深重
它愿意跟我回家
听任我单手举起
放上书架,每天陪我面壁

一个行走的马的形状,青铜的
仍然生动,仍然不驯服
在满架堆积的典籍中,书海茫茫
它更像真正的源头
它经常对我死读书读死书嗤之以鼻

今天我又注意到,好多古今中外的名著
看上去表情纠结,有些烦闷
想必昨夜,它又检点和批评了它们

地上还另外散落着百十个半圆形蹄印

我装载往事的抽屉没有关好
想必，它又偷偷读了我青春内秀的书信

2020-04-05

镜中锦绣

给起伦

永远是茂密的绿长沙,永远是
枝叶苍翠间的青色的橘子,永远是
团结的颂歌的果实。在一九九一
衣裾贫穷,青春丰盛
彻夜长谈诗歌和某种神灵的下凡问题
在图书馆阶梯尽头的楼顶上,我们
年龄等距,围坐成半圆
因为地势处于工兵学院最高处,我们
正好避开了生活的地雷与泥泞而直接
位于空中
有时候三人,三块青石的星星
有时候四人,三块青石和一朵铃兰的星星
虚言无边,讨论天赋和能量
其中年龄最长的,峻拔爽朗的长兄
有时候会拎来两瓶好酒,很高的浓度
带着湘江和浏阳河滔滔的语速
他领头畅饮,就会加剧热烈的谈论
他没有原则地表扬每个人
就会让另外的星星耳热脸红
有时候我们都不说话,安静两分钟
那默契的,互相照耀的时刻

身旁图书十万卷,也作壁上观
似乎一起在等着,谁先开窍
有一件事,我忍住了从来没有笑过
我们常常激动,其中有人激动得口吃
现在想来,那正是他胸怀锦绣的快速飘动
现在,三十年后的这个春天的夜晚
我回忆着茂密的长沙,但是
顶着二〇二〇年的光头,(现在
你们的讪笑忍不忍得住?)
你们相信吗?每一次当你们离去后
都会留下满地月光。你们相信吗
我空虚又欢欣,睡下时心满意足
可是我不能相信,怎么可能!现在
我顶着二〇二〇年春天的光头
不舍昼夜雕刻骨肉和形象的
这个人,似乎已经颜面无存
这样的羞愧无可安慰
你们忍住了笑,也就不要劝导
我只需要你,还是那颗激动的星星
用锦绣的波浪,击节,大声对我赞扬
鼓励我并与我灵犀相接,跨过所有

激流的日子和尘土的日子,重回一九九一
2020-04-16

交流

入梦之后,在散步的河边
我再次见到屈原
一株棠梨,白花如雪,树枝低垂
他人如其名,在树下弯着背
我想知道,他怎么能够
在高亢、激烈的音调中持续歌唱那么久
"每个人有每个人的生活
你也可以,花天酒地,大吃大喝"
我差点笑出声来,这是我
从没读到过但特别喜欢的部分啊
随后,我详细解释着"摇滚"这个词
伸手碰了碰他炽热的额头

2020-04-17

写在《春夜喜雨》旁边

昨天夜里下雨了
这会儿云开日出,到处潮湿
但暖洋洋的
因为懒散,我起得晚
无意中避开了所有雨滴
现在,一群喜鹊在槭树上又飞又跳
这就叫福至心灵吧?我想
老杜的那首《春夜喜雨》写得确实好
不过,如果需要我续写几句
我得在锦官城后面
加上红花郎、麻辣烫和鸳鸯火锅
当然还有她,脸色白里透红
几粒小雀斑,撒在鼻子两侧
我感觉现在有必须干点什么的冲动
想奔跑,想跳跃,叫喊上几声
想起来了,刚才
有一只机灵的狻犬,在草地上撒欢
我没有看到它最后消失在何处
难道是我没来得及躲闪
它一头撞进了我的身体中

2020-04-18

狂风大作日又读《天问》

三十年前读过、默诵过
许多东西不懂
三十年后又读、又默诵
还是有许多东西不懂
不过,心中的信任和安慰增加了
"凡是伟大的著作
会让人感到熟悉和亲切
同时,存在一种不可取消的晦暗与神秘"
狂风大作兮,吹了一整天
现在,风停下来,夜色如墨
我从抬头所见的星空当中选了一个
命名为屈原

2020-04-20

随时想些更大的事情

某人发给我两个半截字,且问
你看到了什么词?
明明是老虎,在树丛中露出上半身
恭喜你!看到"老虎"的不足两成
八成以上的人则会看到,"考虑"
太多人感到焦躁、不安全,心中有事
而你率直、坦荡,没什么压力

其实,我也心中有事
院子里樱桃未红,已有几只鸟前来打探
对于拥有翅膀的灵魂,怎样驱赶
并教导它们,身在宇宙,生逢其时
应当去探测精神飞翔的最高纪录

我甚至随时都在想着更大的事情
——手里择着嫩绿的豌豆尖
我会想到一个星系的治理问题
独自吃着这盘鲜甜的小菜,喝着酒
我又在想,要不要对上面的那个
孤独的那个,施以援手
好让他降临一次

2020-04-21

带明月离开沟渠

不时读到某位诗人的作品
一身傲骨,良言三春
觉得真好
认识之后,才发觉
其人有些猥琐、庸俗
在女人面前自吹自擂,像一套小锣鼓
而另一位诗人,形容清爽
不卑不亢,举止颇有君子风
但诗写得畏首畏尾,很是寡淡
名与实不符,人与文分裂
此类情况,于今不在少数
前者写出的好诗当然还是要看
这是文学的原则
不过,诗也有诗的操守
读的时候,我常常私心换掉作者的名字
并因此感到愉快,仿佛又一回
带明月离开了沟渠

2020-04-22

那武松
兼致董玉方

暮春时节,挖了一上午的土,武松
戴着棒球帽,头上钻出细小汗珠
应要求折两根樱桃树枝,非礼勿视
递给了邻家大姐,用于嫁接
阳光正在好处
哨棒插在土中
当然不指望它发芽,还能结出个老虎不成

凭力气吃饭,劳动光荣
那武松,活计忙完,喝一听可乐
看到两只蚂蚁埋伏在树后
等着大象经过,准备剪径
镇子西边的那条莽汉,想必也在忙碌
他有个多好的名字——鲁智深
明显是赞美山东人
虽然血气已收,缩回了拳头
劲儿还是够大,甩膀子撅腚
整天价挖坑填坑,造林植树
看书的人看到这里,难免发出感叹
啊!风景和人物恁地这般冲突

神行太保戴宗做了顺风快递员
今天送来书信两通，打开一读
原来是宋江哥哥也，如今他
供职于民政部门，县处级调研员
题签工整，赠阅一本新出的书
第二封，算是喜事一件吧
本镇的董姓八〇后远游至蜀
曾在那锦官城中花天酒地
现已变革人生，编戏挣钱，娶妻生子
林冲少有联系，李逵也没消息
哦，为何一想起李逵
就会平地里起风

从中央大街那边传出一片锣鼓
想来是时迁和花荣又到了镇上
给奔小康的乡亲们表演杂技艺术
低头看手机的人还是更多
网红剧《春光灿烂下梁山》正在热播
女一号是当红演员李师师
演到八十集，西门庆又来了
什么玩意儿！武松呸了一口

辑三 进行曲 | 135

那些个，为富不仁的资本先驱

该来的暴风雨迟早要来
当避雷针收到那最初的闪烁
铁锅里的饺子也快煮熟了
望了望头上的乌云越来越厚
那武松，五好青年，箕坐在门口
举着空了的瓷碗，引而不发
忍了一会儿，忍不住了
又在高声叫酒

2020-04-26

望中偶得

光线强烈,气温到了十八度
嫩枝迎来出头之日
松树正在修整自己哥特的形式
扳着指头数数,已经三百八十天了
病痛持续,寂静如一部法律
沉默达到封建的程度
昨夜我就在这种沉默中专心阅读
我读到,十月革命时,纳博科夫
一边听街头的枪声,一边继续写诗
他在家庭背景中走动,同时爱
两个女人,其中一个是风情万种的表姐
他当年十八岁
在苔原捕捉栩栩如生的蝴蝶
而现在是时代的仲春,温暖的正午
远山遥遥在望,河水越来越响
"从善如登,从恶如崩"
我当然也可以维持自身的弹性
抑扬顿挫,习得那无边的晴朗

2020-04-27

春望

一

春天到了结束的时候
江山如画,展开更为茂盛的卷轴
木质轮回,奋力生长
披星戴月的那行尸走肉

我也是当中手足无措的一个
经受人类讲习的如此悲痛的一课
看青山的断头台上
每天黄昏,夕阳放下烧红的铁球

二

多么怀念那泥沙俱下的进行中的世界
美利坚总会消磨印地安
悉达多总会成为释迦牟尼
总会有不怕死的树,从草莽胜出

而李时珍分类咀嚼草药
牛顿在树下等待苹果成熟

胜利者和失败者都不必自证清白
一首短诗，容得下漫漫长夜

三

许多事情还在继续，许多时光没有度过
但是不再说了
聪明人吃着知识的宴席
恢弘合唱的海水漫过全部岛屿

左顾言他的时候，栏杆生根发芽
引用了几代人的怕和爱
铁器刻下强硬的一句
——我们生活于黄金时代

四

哑巴在语言深处精耕细作
蒙面人打桩，像击筑
那种古老的、心惊肉跳的乐器
我们耻辱的心肠被寸寸夯实

情况尽在掌握，山河随物赋形
徐徐铺开一幅多么好看的画轴
而在那尽头，并没有易水来的人
并没有匕首

2020-05-03

环形山

第一座,不可描述的
至今仍然不可描述
可惜我终生无法成为《山海经》的作者

第二座,尧舜究竟是尧舜
内向的许由逃出包围,在水边
清洗乌黑的双手和耳朵

第三座,周游列国的使者坐在树下
谈古论今。几道篱笆墙
里面是沉吟,外面也是沉吟

仍然是第三座,史书上
杀人如麻的,却是个好诗人
曹操,一手是鲜血,一手是星辰

第十座,行迈靡靡,中心摇摇
请原谅这晦涩
知我者,请等待奔雷止息,倾身谨慎耳语

第一百座,佯愚自晦,意思是

装疯卖傻,在阴影中施工
挖掘泉水而终得一坑,安身立命

第一千座,耽溺于井底的酒瓶
和夜晚,我们久久地爱着
你的一部分盛开,如泥中红莲

第一千零一座,期待第一千零一座
期待着
那压强,那扬弃,那野心,那喷薄

2020-07-03

夏天的渊薮

冬天有许多铁
秋天有许多铜
春天唇红齿白颜如玉
奔向夏天时,梅花鹿
换了一身光亮的皮毛,成为马
所以夏天有马
有雷暴雨,绿布衣衫,躯体半裸
风靡的玻璃纽扣纷纷掉落

而困惑的人类病痛初愈
彼此试探肺腑,走出了各自的洞穴
2020-07-03

星期二

想要洗心革面的人会起得越来越早
他会在星期二的大早晨来到林中
他会注意到，树林被工人刷上了石灰
昨天是昏聩的午后，忧虑的天黑
他会想，这些十年的树木又度过了怎样的一天
现在它们一律穿上了高及膝盖的白色袜子
繁茂的行列，生动，明亮，喜气洋洋
风吹过来的时候交头接耳
摇摆的绿色短裙，更绿了，全都是新的
清早太阳初绽，天色如少年
想要洗心革面的人，这时觉得神清气爽
他认为有一百亩的合唱团，要开始唱歌
他甚至认为，她们马上就会齐刷刷走动起来

2020-07-10

卫生颂

风从东南方向阵阵吹起

是越来越强劲的《第二交响曲》，是马勒*

拖把，抹布，吸尘器，扫帚和垃圾桶

是伟大的环卫工人在打扫苍穹

我因为一室不扫而感到羞愧

坐看阴郁的天色，如何

在几个小时后，重新明净

这正是我一直向造物请求的，忠告和德行

所谓挽狂澜于既倒，扶大厦于将倾

曾是什么人的机遇与妄念？今世今生

可以做的有意义的事已经如此稀少

至少要让自己整洁起来

至少，要保持一种独立的蔚蓝的卫生

*马勒的《第二交响曲》，又名《复活》。

2020-07-12

我们去看电影吧

我们说过好多次了
一起去登山，一起看电影
明天动身，去往环球中心
那个大剧场，斜面共有八千里
我们要沿着大地的台阶
一直往上走，往上走
登上喜马拉雅山脊
因为空气稀薄
我们需要不停地接吻制备氧气
因为气温太低
我们需要一直握着手往身体里倒酒
以但丁的名义
我已经预订了珠穆朗玛第一排
我们要把三千尺的积雪坐在屁股下面
安静地，等着开演

2020-07-14

盛夏的道路

狭窄的地方,骑一个摩托
在粗大的动脉里我开一辆十轮卡车

酒后轰鸣更大了,又会变成飞机
当然没有城管
想象力中,根本不需要城管
只有一位理性的领航员,时隐时现
在需要刹车的时候与我争吵

但是,这并不能让我顺利到达
那苦恼的、彻夜不眠的弹力弧线
朝她无限靠近,却又在远离
为了越过黑暗的时间和水晶灯塔
去万里神游的船上,做永动机的奴隶
这是我最好的技术
化身为虎落入陷阱,被金色的军队俘获
这是我最后的谋略
炉火纯青的美的到达,多么的难啊

热切渴望的思想和语言围绕
灿烂迷人的城邦,可能的宝藏公主

我终日匍匐，太多努力和失败建成了环城公路

2021-07-15

思想你

我一直在想你
漫山遍野,碧草无边地想

多希望语言,是明亮的锄头啊
能够说出的话却很少

给你写一首圆圆的诗吧
圆得超过月亮、苹果和珍珠

看上去这么小
对你的想念则是除不尽的圆周率

2020-07-16

盛夏的滋味

金牛座的男人性喜理财、美食和打磨
正当你计算时间和收获
饥饿和空虚涌上来，渴望涌上来
肺腑中有一种辛酸的需要和屈服
你认为这就是你的味道
你认为这里不存在舌尖上的中国吗
报以疼痛为辣，漫长积郁为醋
但是还不够，辛酸中必须有足够分量的苦
想那廉颇老矣，尚有好饭量
舌头卷起白米积雪，佐以酸辣苦瓜
恰好可以中和岁月的沧桑和激烈
这史学的胸腔，这山河独有的滋味
正是我们的胃口，我们的气质
进而是，我们的命运
口腹之欲如何对应现实的处境
那么给普天之下点一份酸辣苦瓜吧
给烈日、洪水和禁闭中的人们也点上一份
金牛座的男人，温和，但是非常固执
你帽檐低垂，眉宇阴沉，吃完了自己的
然后用笔墨取了一座山
放到远处，以便走向那里

在载沉载浮之间，观看
漫长夜晚的垂涎，英仙座的流星雨

2020-07-18

期期见字如面

给志和

今日读到你的消息,仿佛又看见你
在几个同龄人面前,敲打火石
那一年你刚刚恋爱
推着自行车弯腰上坡
身边一位笑嘻嘻的姑娘,面如明月
"猜猜看,给你准备了什么新年礼物"

我没有猜中,只是满心欢喜
多少时光过去了,兄弟
我用凉水洗脸
坚持锻炼,保持着体重
我还在用那种蓝格子围巾
御寒。还在写作
用一种发光的、修长的汉语

2020-10-10

二月十四日小雨记

去年今天我写出了树林和一只松鼠
那是个象征,意味着我
开始渐渐倾注,凡夫俗子的生活
平庸的生活固然平庸,却也有
一些诗意和必要的戏剧性
勤劳,忙碌,不避犬马荤腥
在冬去春来的贫乏时日
搜集星光,积攒了足够的松子

然后,果然是愉快的松鼠
想对同志说别来无恙的松鼠
太孤独太沉默欲言又止的,松鼠
并不是不能用别的语法
皮毛斑斓,砍掉树木
呼啸,呈现本来面貌
毕竟还没到召集风雷和闪电的时刻

现在的世界下着小雨
雨滴疏疏落落,好像初春
念叨友人,一粒一粒数着松子
暂且看着窗外,喝着酒

反复想热带的海岛与翻卷的浪花
在自我的汩汩突起的泉眼中,深坐着
2021-02-14

倾诉

在夜色中倾诉,很久的倾诉
形成了两个盐湖
在夜色中引用,引用好的诗
专注灌输,然后得到你潮湿的手

思君令人老。说到这一句
然后,提到了陶渊明
不是,并不是他
还有更遥远的人,柔软的嘴唇

然后左耳,唇齿音如风
双膝之间是热带,美洲豹在雨林中
然后,瀑布中的马,跃向山崖
然后从海水深处经受雪崩

(几乎是痛苦,几乎是历险)

更充分的倾诉几乎不需要语言
然后十指拨开榕树,看见月亮发光
夜色中的脸,夜色中的眼睛
那全神贯注的慷慨的酒瓶

2022-09-09

辑四 | 山河在望

冬至日答张九龄

今天的相遇未必没有道理
我未必不是孟浩然
特地在唐诗三百首的开头与你相见
拱手，作揖，一鞠到地
然后乘八小时高铁去北京
北京，未必不可以是隐居的襄阳城

未必没有李白和杜甫两个后辈
他们诗写得漂亮但官职太小
未必当上宰相才可以胸怀天下，而位高权重
未必不可以同时写情致深婉的诗
是的，你在开元盛世和写作中
巩固了双重江山
而现在是新时代，未必还要做大官，未必
在另一个盛世，继续写清淡典雅的句子

你定义，海上生明月
但现在，一轮新月，未必不可以
从山中或者高楼大厦之间升起
今夜，我在你的故乡始兴县
我穿过的夜晚，是和你一样的夜晚

但我早已不像你那样写诗
我相信，一千二百七十多年的修炼足够了
你看，我带着
石头明月，手机明月
溪水、电灯和微信的明月
乘坐的汽车驶出老虎出没的车八岭
一个加速度
就从此时，回到了天涯

2018-01-13

蜜橘

这是南方的第三个夜晚
倾心的交谈突然中断
一个金黄的蜜橘被缓缓剥开
那清洁的、甜蜜的气味
让口渴的人突然想起,有么一刻
山谷中行驶的汽车正在转九十度的大弯
大灯雪亮,扫射着深碧的山体

华南虎的身影一闪而过

2018-01-14

化雨

两只绵羊正在横穿马路
一阵慢腾腾的波浪
停住了拖拉机
风吹树林,女人从斜坡上走下来
苏河弯曲,从学校操场边流过去

这一刻,化雨镇
我的故乡
午后风景具有了一架管风琴的音质

2018-01-14

完美的十字

农历三月二十八日
我在苹果园里准备播种
为了给种子找到准确的坐标
我需要画出完美的十字
然后就地挖掘,埋葬它们

我深知,劳动的第一天性
乃是沉默和顺从
但意外的是,当我抬头,忽然发觉
东南方向的空地上,平白无故
出现了一座房子
棕色的门扉,向外打开

这是在化雨乡丁楼村,我已经
画好了想要的十字,并且
挖出了湿润的土坑
没办法解释,也不需要解释
那正是一位前来救人的老天使
他可能与我一样化名姓姜
他没来得及收拢略显破旧的翅膀

2018-05-01

海鲜论语

对于前来朝觐大海的人
第一座神殿,就是那张摆满海鲜的圆桌
船老大是海底来的灰牧师,掰着脏手
解释黄花鱼昂贵的生死问题

读书人一瞬间就放下了思想包袱
爱上了望潮和它八只弹琴的幼年手臂
然后从带鱼身上剔出完整的骨头
为理解造物之美搭起了一把好梯子

哦,海蜇一定记取了大海的透明度
螃蟹的套嵌结构一定有复杂的寓意
对虾的良心,鱿鱼的本分
为了不朽,鱼鲞完成了鳓鱼的变体

为了证明大海是个多神教
乌贼们积累乌托邦
跳跳鱼对朝阳磕头,它将跃出半尺
豆腐鱼集体修炼入口即化的柔弱

并将我们的赞叹一试再试

而所有贝类都是耿耿于怀的
它们说明,不同的痛苦会产生几乎相同的珍珠
玄奥的佛手螺抱着一点禅意,甘美啊

还有鲳鱼,如果它真是鱼类中的坏女人
无法自我拯救,筷子的批判就胜过一切语言
这罪与罚,这糟笑话与永流传
多像是孔门子弟,辗转在欲望和修养之间

而海边的柚子树仿佛另一座绿庙堂
悬胆累累,承受着自我的重负。它看到
从来没有这样,舌头的唯物主义的
生猛阅读,从腥中将满天星月提取

看起来就是这样,月白风清之夜
胡吃海喝。为了装下一座海鲜的同文馆
我啊,念过半部美味的论语
像捂着脸的颜回,腾空了满腹诗书

2018-06-05

草原一日

只有平心静气才适合,这种辽阔
除非是马,否则奔跑显得可笑
除非是风,否则高声叫喊会显得无礼

如果在这里打开一本纸做的书
遍地野花与眼睛似的湖泊,会质问你
为什么要做浅薄的事呢
现在,空气、血液和光阴,都是足够的

随便站在哪里,都可以四处眺望
天似穹庐,没有一处缺憾
白云在大地边缘安心午睡
一棵被挑选的松树,长袍及膝
它墨绿,有着师父一样的博学与谦逊

直到夕阳如蜜,月亮升起
出现了歌唱的女人和跳舞的篝火
在草原无尽起伏的弧线中
你又一次梦见了白马
它生气地打着响鼻
  "你没有说自由,没有说青草

如果没有青草,江山成何体统?"

还是原来那匹白马!它欲望强烈
冲动,有力,有着少年的羞涩

2018-08-19

人人要去斧头山

要去的地方叫作斧头山
作为一个以营造词语为业的人
你默念，斧头，斧头
竟似将一种坚硬和锋利揣在了怀中
不可以提在手上
不可以目露凶光
你只是一个袖手旁观者
思想稳定，紧跟红男绿女和集体主义
把眼前的瓜和脖子，一个个看过去

你走上曲径，你进入茂林
你觉得天地有私
那么密的树叶，那么多功名利禄的竹子
直到看见第一只熊猫
君子不器君子不器君子不器，你自语
无来由的悲伤，让全身松动了一下
仿佛垂手站在时间的早晨
你忽然理解了命运的某种善意

单纯的黑白，栅栏的宝贝，罐中的糖
随意拉撒，不讲卫生

用十个小时吃,十个小时睡
剩下四个小时,搔痒,卖萌,走路外八字
但整个色彩斑斓的世界都在向它围拢

造物主用八百万年时间,为不朽拿出证明

那征服种族史和食物链的
不是极端的权力,而是胖和软
那活到老学到老,不战而胜的
不是强调的高音,而是呆和憨
所以,雪和墨,夜晚和盐,自由和监狱
可以囫囵吞枣,叙述不必清晰
抒情,也可以在自我的棉花上翻滚
把草芥和泥泞当作软软的气垫

看过九十九只熊猫之后,你下了山
仿佛纪念大会刚刚散场
你眉扬目展,抬头望向悠悠白云
你感觉,沉重的那部分已经变得柔软了
和吃饭的群众一同坐在饭桌旁
你,圆圆的

已经放下了所有的铁器

你有可能变成另一只熊猫吗
从此是婴儿,目光短浅
虽然身在斧头山上
但终其一生都不会再问:斧头,斧头在哪里

2018-12-01

戊戌九月十七日夜

晚上十点钟，将两册本地文集
读了两个小时，前半部分看得快一些
名人与走兽，皆如炭上炒豆
五短身材的曹操骑马狂奔
别的形容词也在锦衣夜行
梅花鹿，转眼消失于逐鹿营

当看到潘安坐在满车甜瓜中
从女人堆里挤过去
忍不住去卫生间，照了一回镜子
阅读，于是慢下来了
灰心和羞愧，也是一种慢啊
孔丘答不出问题，从县城以北回车
天下大治不得不缓上一缓

这就到了两千五百年之后
慢慢地，火车和少年经过陇海线
慢慢地，方特游乐城已经近了。途中
遇见卖西瓜的大叔抱着翡翠
甜掉了牙的青蛙坐在井底
绿水青山的县长准备发言

而列御寇，自始至终隐身于野

文章读毕，已经晚上十点了
他终于抱朴守神，乘风起飞
这时候，听到有个声音轻轻叫我
他说：喂，你瞧
今天十七，月亮，还如相对完好的宋朝
它正从汴梁的方向翻过牟山
还如当初，皎洁，浑圆
而雁鸣湖细浪微微，笑不露齿
开始接收那无尽的银两

2019-01-03

途经中牟的绿皮火车

三十八次路过一个地方从没停留
却已经熟悉像故土
三十八回经过她家门前从没进去
却已经相知如亲人
这多像一首通俗老歌。实际情形是
三十八年来奔赴前程的途中
一直有个小站
我一次次听见命运,忠实的列车员
边走边提醒:中牟到了!中牟到了!
老歌的节奏里有一列哐当哐当的绿皮火车

现在,我可以指点给你看
东面的开封,西面的郑州,黄河在北面
上面是云朵,含着两桶水,飘过
我可以站在随便哪一棵树下
杨树的旁边站着柳树,松树更远一些
它们或者是竖琴,或者是箜篌
它们按豫剧的声调,翻译着风
一位眼熟的女人,刚刚从十字路口转身

现在,我可以像源头那样来讲述

1980年夏天，有个十五岁的少年
心事重重，念头激烈
他第一次离家远行，孤身乘坐哐当作响的火车
夜晚九点，汽笛像一声惊叹
中牟到了！中牟到了！
一个肌肤如雪的女孩上了车
一个月亮般的世界在对面落座
十七岁的张佳美，嗓音柔软
眼睛里有最亮的光线。是个姐姐
中牟！这时起两个人一直在说话
火车好像一直在奔驰整夜没停
又好像一直留在原地，中牟

除此之外，一定有什么闪烁的事物
被时光忽视了
而山河如此耐心，等来耕种、访问和收获
是的，三十八年之后
天下归藏的十月，中牟真的到了
满怀沧桑涌起的惋惜和歉意，有如波浪
我的心中好像有一列哐当哐当停不下来的绿皮火车

2019-01-10

采石矶半日游指南

先在谪仙楼看太白手迹
春山蓬勃中,有几个字
真如大鹏振翅
多看十分钟,袖口便徐徐生风

向前走,经过常遇春留下大脚印的地方
不必停下,也不必质疑神话的可能性
自古有人成仙,有人成佛
当然也可以有人,是虎豹,是恐龙

上到蛾眉亭,四顾大江绝壁
就不必赋诗了,几乎每块石头都开过花
每一片叶子都有前人的签名
而现在,每块好看的地方都有大妈拗造型

过三元洞,可以进去,可以看看
但不一定要做暴雨中的赶考书生
连至圣先师孔子也"累累若丧家之犬"
你理论考试得个前三名,有什么意思呢

不如用更多的时间注视江水吧

逝者如斯夫！叹息过后细想一回
如今多少事情还值得冒险一试
那么，热爱赤裸裸的真理就请继续

热爱一个人就去彻底占有她的身心
除非你年轻，有更大的志向
除非将兵十万，过此天险挥戈疾进
顺流而下，直取建康或者南京
2019-05-05

谒李白

专程来到李白墓前,悼念他
但是,没有哀伤
甚至兴冲冲的,像一个
饮者,来到深永的酒窖旁
甚至跃跃欲试,如一盏灯
找到了中心发电站
双手交握绕行三周,之后默立片刻
好像酒杯就已经斟满
一千升血液和六千个汉字也接上了电
离开时,春风吹着几株含笑和樟树
我注意到那盛唐般的碧绿,峻爽的摇动
我乘坐汽车越过滔滔长江的那一刻
有人另外骑着一道彩虹

2019-05-07

一个人出门远行

升腾的欲望使一个人变轻
使一个人从日常生活的杂念中
飘起来,像歌德,从书房出发
追随"光辉的女性"
二〇一九年八月,星期三
在北京西站,他排在九个人后面
"路漫漫其修远兮",他焦急
他背着一捆荆棘和秩序的铁钉
为买一张去往雪山之巅的火车票
掏出了但丁的身份证

2019-08-17

月亮引

日头分外强烈,我走在树荫下
杨树、槭树、雪松、白蜡、国槐、元宝枫
都是认识的。金银木和我一样高,冬青有点矮
更矮的有车前草、马齿苋、小飞蓬、狗尾草
熟禾铺的草坪特别绿,夹杂着雀麦和小野菊
一只斑鸠在匆匆忙忙吃午饭,对我爱答不理
回家之前,我经过蓝玻璃办公楼、红色加油站
电影院、小商店、一车花皮西瓜和小贩
指路牌上有个错别字,阳光下的行人眯着眼
马路热得像着火,所有的汽车一溜小跑
至少其中一辆,副驾上的女人向我转了一下脸
玉兰树开过了,海棠树开过了,樱桃树开过了
紫藤的花是香甜的,我已在五月品尝
只有桃树,还骄傲地挂着七八个毛茸茸的桃子
这些,我坐在窗下就可以再看上一遍
晚餐吃了油菜、苦瓜、鸡肉和鸡蛋
一个芒果来自南方,几片薄荷乃亲手所采
的确,我闲了一整天,什么有用的事情也没做
只是把搜集到的这些逐个写下
现在已经是深夜,它们在昏暗中
居然开始静静地发光。我安稳地坐着

不全是丰衣足食，不全是，满意、庆贺
生活的信心和灵魂的无分别容纳不全是
而我安稳地坐着，即使在空中
仍然可以这样坐着，并且
随时间而变得更加清晰、明亮和充分

2019-08-18

牛栏山初秋

方圆十里,是大小合适的尺寸
夜色,有着一头牛卧下来的安稳

所有沉重的,可以交给沉默的骆驼了
古往今来的那根稻草,也要轻轻拿走

饮酒两三杯,听波浪穿过然后平息
然后,满天繁星,数落心中磨圆的石头

在牛栏山,可能没有第二个人写诗
却并不妨碍诗歌重镇的筹建过程

不妨碍,困惑的花豹变回男人
一头露水,从牲口棚中回到山林

百里之外,那些鞭子下的畜生还在吃着
而这里,蟋蟀和蚯蚓开始琢磨小提琴

2019-08-25

长城十八行

站在撞道口长城的劲风中,我看着天空
明亮的男高音,有三个八度那样的蓝

更匹配的蓝,可能是老鹰的蓝,战斗机的蓝
长城静默如雷,在山河中走着粗针大线

试着躺在长城上,我感觉到脊梁骨在伸长
倚在长城边,我似乎就是一块大尺寸的城砖

而在鹞子峪,摸着石头,那坚硬冰凉的手感
想到了一系列的扶不上墙的朝代和皇帝。想到

月黑风高夜漫漫,如今应该怎样筑长城
用"我们的血肉",还是大数据和云计算

不要被暂时的胜利冲昏了头脑
不要以为,今天的蓝,是风雨兼程过了难关

难关太难了!磨砖作镜,登天梯
到底怎么样,才能写出长城一般的诗篇

在二道关,我登上废弃的烽火台试了试
由于得到蓝天白云的外援,九位诗人的见证

我心里有数了:长城书写,需要伟大的抒情能力
一口气,两千两百四十年;一个句子,四万两千两百里
2019-09-04

途中作

一段旅途把一天分成两半
橙黄色的冬天像枚成熟的柚子
高铁迅疾的银尺一切到底
时光如蚕,沧海桑田
慢,酸甜,而且焦急
但越来越接近那诚恳的邀请了
凡是亲切的,凡是理解的
爱,友谊,诗和美酒
共同构成生活的目的和源头
"连雷电也不会打扰吃饭的人"
想起这句民谚时
旅途尽头,饥渴感强烈
筷子似乎递到了我的手中

2019-09-06

高老庄之歌

归来后什么大事也没干成
媳妇儿好看,我有一身力气
我们热爱劳动,所以一年又一年
绿水更绿,青山更青
陶渊明先生有时候过来借粮
见我不顾一切地耕田
他惊呼,快停下!快停下
推土机糟蹋了那么多唐诗宋词
他不知,这片地瓜田里有许多愣头青
推翻土地之后种上稻米
我们就会有更大的词汇量啦
一边哄这个乌有乡的书呆子,一边
手脚并用我一刻没停
干够了活,直起腰来
又看到远方来的男男女女在溪边喝奶
还有那女的边撩水边拍照
撩什么撩,你以为你是西施
劝自己,别动心,也别动气
绿水三里游着红鲤鱼
绿水五里跑着黑驴驹
绕口令的小溪和第四代孙子

那孙子又在唱
山外青山楼外楼
楼上有个小老头
嗨！别唱了，你以为我追不上你
老了老了！想当年老子
人中龙凤，满身都是雄心
但跋涉千山万水还不是要回来
研究过千秋万代历史记录，也就是
吃饭和活着几个字
算了，别净想那些个没用的
如今，山中无老虎
猴子水中捞月
鸡毛和蒜皮随着小风飘
那么一种强烈的轻和消逝啊
好在，我还有一把力气可用
我慢慢地推着石磨
顺嘴哼唱出了我的高老庄之歌

2019-09-06

大地的教导

晴朗午后的华北平原,色彩斑斓
犹如层层叠叠的夏加尔
你乘坐高铁
以三百六十公里的时速,翻阅着

忍耐,平静,碧绿,连绵无际
你看的是麦田,经典范文般的麦田
它在秋天播种,到明年才会收获
像是一堂大器晚成的观摩课
一再提醒着你,过了天命之年
更需要谦逊,坚忍,虚心向学

后来,丘陵和湖面大量增加
仿佛夏加尔画出了花束与野兽的玻璃
他六十五岁时再次新婚
他到老年成为一个真正的天才

何谓伟大的图谱,何谓"内心的真实"
你温习着麦田无尽的碧绿
同时被一种深远的金黄的力量耳提面命
你想起另外几个年长于你的名字

不由得轻轻叫了一声：师父

2019-11-25

远游概论

天外天乃是一种万有引力
远方与远游者,互为陨石
如此,花半开与鸟飞尽
会具有同样的力道
若书写自传,以山水为刀笔
雕镂灵魂的无穷的花纹
若心向往之,身不能至
事物便皆无定论
词汇便皆是前提
那么诗歌的宁静的逼问,将会
出现斜阳、意外和惊讶
汗颜将给出千堆雪的答案
乘风归去后写下的乡愁
有可能是鹿,有可能是马

2019-12-08

大言

北京时间十七点
我在天地之间做晚饭
一道火烧云
海水煮山川
第三道菜还没有动手
太阳那盆炭火已经熄了
我深觉无奈，只好
挂起北斗的勺子，放下菜刀
拍了拍华北平原，这一张
渐渐发黑的砧板
2019-12-09

泉州速写

一群人带来严冬的膝盖
却被春天的温度涌上了鼻尖
这里是泉州
传说中的刺桐城，鼎鼎大名
盛产海洋和石头

这里是泉州
遍地上市公司
总经理慷慨
使用闽方言陈词
不自主的唇舌在风中打筋斗

这里是泉州
可以，从宋朝走到身边
在洛阳桥边坐下
搂着肩膀说些亲切的话
江水与大海相接处
鹤与白鹭，竟然是真的
它们，飞了起来

因为这里是泉州

诗人文质彬彬,也想飞上一程
他们尽兴摹写,书法呀书法
有的像鹤飞,有的像水流
有的好看,有的丑

这里是泉州
太空舱在提琴的弦上悬停
诗句也配上了音乐的浪头
我一直在听,一直在享受

这里,是泉州
深夜,我陪着一头白鲸
一杯接一杯饮下很多很多的酒

2019-12-18

梦中得知一件秘事

来到洛江的第二个夜晚
一个戴着斗笠的人带着棋盘见我
他说,你读过六十万字的徐霞客吗
你知道那次最后的出游吗

十万里单装徒步
探寻江河,寻察龙脉,之后染病归故
但那不是真的,事实是
史书结束的那一年,徐霞客
只将一套旧衣服埋于松下
他本人则从江阴乘船
沿着东海走了一条弧线
黎明时分在泉州,舍舟登岸
他把修改好的六十万字留在故乡
另外的二百万字带到了这里
并依此写成了另外一本新书……

戴斗笠的人边说边翻转棋盘
一册《乌有纪》,天蓝色封面
我手忙脚乱翻阅
在第一千零一页,读到了三行蝇头小楷

"所有的远游
都是为了寻找最好的自我
所有的遗失都是另一种完成"

按他的解释，之后的徐霞客
就在泉州湾凿石结庐
日常种瓜捕鱼，不再写作
度过了平静而美好的后半生

那一夜，是2019年12月14日，星期六
没有月亮，我饮了半瓶红酒
睡在钱隆酒店1003室

2019-12-18

洛阳桥上

哪个人的身体不是桥梁
血液里,古往今来的传说和栏杆
哪个人的眺望不是跨江接海
爱人的白鹭飞,旧友的鹤消息
哪个人没有云水茫茫的想念
哪个人另有孤单
父母在天堂,兄弟在洛阳
哪个人不是异乡人
哪个人在游客如织中双手抱肩
船型桥墩稳住了此岸和彼岸
他心里有江水,也有海水
一半苦咸,一半甘甜

2020-01-04

密云

密云,好像随时准备下场雨的样子
密云,好像母系亲人里的小姨
她安静地住在外祖父的远郊区
甜瓜和水库,送给首都的嘴唇

城里城外,好多亲戚
堂哥在顺义开货车,致富了
娶了怀柔的媳妇
公务员大姐夫,来自江浙地区

夏天碎花布衫,冬天毛线帽子
小姨一笑,就露出好看的白牙
也不喝酒,安静地吃完一条鲤鱼
梦到过生日,梦到好姻缘

卫星拍出了一张照片,密云墨绿
高山峻岭在侧后方,握有金刚钻
好像不爱说话但是能干的小姨夫
挽着她清香的手臂

2020-04-28

夏天的秩序

清晨的朝阳投向玻璃
两个裸体碰撞,发出创世之声
类似的动静,还有鹅卵石投向
湖面,分配口粮的手拍向桌子
而涟漪效应将被正确的大坝挡住
快乐到此为止

上午的黝黑青年划着旱船
他想念乘风破浪的姐姐
单相思如提琴,一意孤行
将配重和白帆拉到山巅
而摔跤手抱紧世界之颈
骑跨在沙袋之上摔打彩虹
在练功房好好训练你们的下半身
但力量到此为止

下午倾向南方,洪水漫溢
涨到了中产阶级的大腿
天地不仁,刍狗们扑腾着爬上屋顶
北方大道旁,有人手托西瓜,边拍边听
乾坤成熟了,红与黑各得其所

口腹到此为止

夜幕降临,群蚊毕至,少长咸集
鼓掌和耳光连成一片
瞎眼的铁匠挥舞手臂,朝烧红的铁块
我则把注意力集中于潦草的手稿
在胸中击鼓
我们都有一盆冷水,都会
在兜头浇下时大喝一声
激动到此为止

2020-07-05

夏天的小镇

继续坐在青石上
谈论南北朝
往事和一番美意,顺流而下
鸣蝉啸傲,此起彼伏
它们的江湖生涯,正在高光时刻
而爱雪的人只是想着雪
应该喝上两杯
翻一翻去年的地理杂志
天地有私心,存了雪山和酒壶
嘱咐着,早睡早起
绵羊粉红的嘴唇和四个蹄子
已经被青草上的露水湿透
轻轻一看,有点儿出神
没有寺,也没有庙
河滩上全是冰凉的清醒的浪头

2020-07-07

暑中眺燕山

燕山在北京西北方,仿佛
一只手掀起大地之箕
越过我头顶
把海水朝天津以东倾倒过去

2020-07-19

乐器

渔夫在船上划桨,而
海水是乐器
远足者在途中奔走,而
山水是乐器
骑手,在马背之上扬起鞭子,而
风雨是乐器
他把双手搭在你圆圆的肩头而
这次不同了
美丽的彩虹的眉毛
灿烂的烟花的笑容
而他自己是乐器
语言,需要一个向东流淌的春天的长句子
因为行将告别而他
要被奏响,发出受损的、悲伤的声音

2021-02-12

出行问答

我的意思是,把昏沉久睡的叫醒
去看心中悬挂的果实
我的意思是,从文字里的
自我肯定和赞美,走出去
向身体的那边,否定的那边
从茫然坐望,走出言外之意

今天温度陡降,朔风凛冽
这是否影响到了你一向秉持的骄傲呢
林中的鸟儿们皆外出寻食去了
看风景寂寥,叹生民多艰
你一路端详它们的空中楼阁
闪念之间,想到鸠占鹊巢等等词语

不由记起,前些日子遇谗遭谤
小人沐猴而冠
如此种种是多么让人愤怒
而狭小的器量会如何歪曲一个人的嘴脸
——我几乎就要破口大骂
你则一脸无辜,幸灾乐祸

你的意思是，我仍然混沌未醒
仍然没有自拔于腐朽的泥坑
本应该集中注意力，穿凿附会
那青铜时代的白马，信仰的玫瑰
因此顾盼自雄，踌躇满志
并将书生与战士一体归纳

人生天地间，忽如远行客
意思是，所有的出行皆是为了到达自身
除此之外皆是南辕北辙
有所望，有所待，有所寄
正是这样，今天逆着风
我沿着一条正弦曲线疾走了八九里
依于仁，游于艺，浑身冒汗又一次
在解冻的河流边与自己相遇

2021-02-16

登绵山怀介子推

初次上山,你心中有些忐忑
且一路俯仰,频频抱拳
默默念着,介子推,介子推
所以,蜿蜒的盘山道上,像有块
几千年没能磨圆的石头滚来滚去

你认定割股一事肯定是疼的
也无法把烧焦的山说得天高云淡
你是那么怕疼,也怕辜负和丧失
但有些事遇到了也就遇到了
避无可避,只好迎头直干

你并不认为这是英勇的故事
人群中的隐士,树丛里的枯木
有什么光荣可言
无非是,从我中割我的肉,然后无我
从无我割我的肉,成为我
无非是,编一个绕口令说服自己
让沉默成为最后的、必须的,道德

有言道:寻山如访友,远游如致身

你上过多少座山，多少次到达自己
而这一次，绵山，介子推
你尊敬他，却不谈论，不争辩
你无法与他古往今来，推杯换盏
该燃烧的已经燃烧过了
今天的登临，证实并且让你相信
你的体温中的确保持着永恒的灰烬

看完四处的峭壁、泉水和庙宇
你从制高点慢慢下山
时近黄昏，在岩崖峥嵘之间
落日西沉，火红如炭
似乎仍在修炼山河的关节和舍利

待到了山外开阔处，展眼一望
你则忍不住暗自发笑
功名利禄的现实正热火朝天
是啊，你又回到了当下
这微微冒着热气的大千的瓷碗

2021-06-06

张家界

如果十五岁的时候到来
会是清新的少年
穿着雨鞋,在星空下
用大桶冷水冲洗瘦瘦的身体

如果三十五岁的时候到来
会劈面迎见,赤手空拳者
肩负责任,步行三千里
有一种类似火中取栗的严峻

而五十六岁的时候到来
因为往事和追悔,你们
才有这样的时刻,如晤对故人
这么安静,这么繁茂,又这么嶙峋

2021-11-10

设身金鞭溪

在白天的金鞭溪遇到一群又一群鱼
夜晚你就会轻轻翻身上马
像个绿色的邮差
送信给爽朗的男子，更多是美丽的女性
路途都清洁，不扬尘，蛮横的强盗也没有
铁已经甘心地软了，他们放下了斧头

在白天的金鞭溪遇到一群又一群人
夜晚你还会遇见他们
那个间谍失败了，忘记了自己的任务
漂亮的女搭档斥责这个口吐莲花的叛徒
那书生念着君子不器，在山水中躲闪
不想回去，不想做饭。记忆里
扯着衣襟的美娇娘变成了丑陋的家属

你在白天的金鞭溪是不是还遇到了鹤
看见一只又一只鹤从空气中出现
夜晚你会睡不着，你猜想，浪头和星星
氧气浮动中，溪水流下去又涌上来
一会儿是马一会儿是鹤。喷着鼻息，皮毛光亮
马一匹一匹都是好马，你骑不完

鹤都是些美的和太美的鹤,你看不完

远道而来的你放松了语言中的一嘴钢牙
终于写道:"我原本是激烈的血液
金鞭溪呀金鞭溪,劝导我,稀释我。"
2021-11-11

对你说

十月,尤其在十月
不论你年老还是年轻
富有还是贫穷,不论
你是在风雨中还是阳光下
只要你来到烈士陵园
你会变得泰然自若,变得宁静
你会感觉充足、相信,满是光芒
只要你明白
你来到的地方,是一座国家宝藏

2023-09-23

代后记 | 铁皮作为小号醒来

铁皮作为小号醒来

(代后记)

有人说过意思如下的话：写作者积累的不是专业知识，甚至不是经验，而是越来越没有把握；在文学写作这件事上，专业意味着末日。读及此言，你即心有戚戚，深以为然，甚至悄悄松了一口气——读书写作既久，越来越感到诗歌写作如此之难，常常沉吟数日，积累若干动机和句子，但要真正完成它，却左支右绌，久久难以成章，心中便常常有"江郎才尽"的惶恐和无奈。然而按照如上逻辑，这并不是写作到了山穷水尽的当口，而庶几可视为对写作难度的自觉要求，是还处在不停的练习和磨砺当中，进而可以认为自己仍有进步的可能。

作品被阅读，拥有读者，被或多或少的同道激赏，因此收获赞扬和荣誉……几乎每个写作者都会对此抱有期待和欣喜，而体验和品尝这些奖励之糖，甚至会在某种程度上提升你的信心、鼓舞你的热情。但继续进入创作中，这些美味转眼便会成为短暂和虚幻之物。让你重新获得真实性和肯定性的，反而是再一次的犹豫、怀疑、艰难和困顿于途的未完成感。出于趋利避害的本能，总是有一种谋求舒适、熟能生巧的妄念，认为应当而且可以把写作这件事弄清楚，可以做到技巧完善，写得轻松愉快、得心应手。设若你已经体验到了这般梦想达成般的乐事，并不是你的努力得到了报偿，而只是说明一个问题：你已经在走下坡路了，写作的死期，近了！所以，警惕舒适感，警惕惯性，警惕对他人和自我甚至是称得上优点的重复。写作者永远处于未完成之中，永远都是开始，永远在攀爬的路上。

阅读和写作的时日越是长久，写的作品越多，这种提醒便越是强烈，但真正的难题却并不是对这种强迫症的接受和适应——生活本身总是能够在种种底线思维中获得对自己的谅解并达到逻辑自洽。真正的难题是，在写作活动那幽暗的时刻，怎么面对和处置每个具体环节，终得自拔于混沌未明。比如，一个作品的动机如何发生，如何准确恰当地把握它，如何把词语写得像第一次被使用，如何把事物描述得像第一次降临人间，如何把道理说得像第一次被说出……"艺术的最大敌人就是陈词滥调"，如果我们相信的确如此，那么长久以来的阅读和写作便意味着对"陈词滥调"仓库不断扩容，所读过和写过的既是参照，同时也成了限度，对那些存储收藏的品类与尺寸知道得越多、越清楚，也就会更谦恭也更谨慎。

作为写作活动的一部分，阅读是如此重要，总是希望我们所读的东西能把我们送往此前从未置身过的语言、视觉或精神世界中去，现实却并不是这样，在充斥着陈词滥调的视觉和语言环境中，寻获有效的阅读几成大海上撒网，而自己的积累也提出了种种具体要求。如果说长久的阅读与写作真的有经验可谈，那就是你越来越明白,哪些人的作品和哪些东西是不必去读的了。智识创化的紧张时期已经过去了,如今,除了对某种专门知识的学习和了解,你从他人作品中更多渴求的是现象被思索、历史被记录、现实被指证、修辞被更新,你发现许多人、许多作品已经配不上你花的时间和精力。曾经有那么多喜欢的作家和诗人,当你又一次珍惜地翻开他们的新作,往往读上十页便感到疲倦和沉闷,然后用一两小时继续翻完,在笔记上写道:"×日读××的《×××》,此人的作品不必再读了。"以此道别,甚至会加上两句:充满了内容和形式的自我重复,对自己的风格和手段自鸣得意。作为写作者,他们既不再给你启迪和引导,又缺乏风趣和欢愉,震动已经结束,异质感已经消失。你原有的阅读清单越来越短,作者的名字越来越少(好在还有年轻的天才时或出现)。你认为接下来可以从少中读出多,从空中读出有。如若反躬自问,这是不是你本身的眼界出了问题?心胸狭隘,走上了邪路?但你相信自己的固执,你要保持你的偏见。

事实上,正是种种"偏见"让你成为自己。首先,信仰,这种完全属于个人的内在确定性,让你确立世界观、价值观、人生观。这几个习见的空洞词语,却是每个具体写作者的立足之处。其次,更趋明晰的文学追求和美学观念。你一再强调,要努力根植于希望和理想,葆有热情和力量,探讨现实存在,想象未来生活,构建精神图景;"偏见"也形成了你的知识谱系,"多识草木虫鱼之名",问计于自然、科学与人事,接受事物的敞开与邀请,通过事物说话,事物自己开口说话,让事物对你说话;正是"偏见"逐渐让你建立了自己的词汇表,从古典的土壤里学习、吸收文学的精华，不断消化世界文学在现代汉语上的回响，从中国当代现实生活和人民群众的日常表达中提取最鲜活、最生动的口语，并一再将社会流行话语、政治话语植入诗句，以其涵括性、丰富性、确定性和巨大的时代背景，提升诗歌语言的能量。在这样的辨析和审视间，你感觉自己像一个边缘模糊的容器，在幽晦中被打量，被置于期待中。

如果说每个诗人都是一个独特的容器，写作便可以视为对这个容器的发现和发明，而能否兑现这种期待，写作者的生命背景是基础的、决定的因素，它有赖于生活经验中的所见、所遇、所感、所悟。当代大多数诗人的写作，是由个人经验出发的写作，这里可以称之为"大地之诗"。这个概念应当归功于诗人于坚，他在《便条集486》中写道："1917年/新诗在北京诞生/与某婴儿的出世一样/没有伟大迹象/书生胡适铺开一页新的稿纸/过去的写法是从天而降/现在他横着写/与大地平行。"短短数行，关于汉语新诗的发生史和个性特点，似乎比连篇累牍的许多论文更准确、更丰满。当初一个新鲜幼小的婴儿业已成长为今天的健硕青年，而那句"与大地平行"，则令人深长思之，它不仅指向现汉语诗歌的表面格式，也喻示其存在形式与精神姿态。诗歌来自生命经验和生存体验，来自于"大地"，但它并不是踩踏或行走在大地上，而是"与大地平行"，而只有飞起来才能够平行。一首诗歌中的真正是"诗"的那部分，就是飞起来的那部分。如果说文学与非文学的区别在于是否具有一种形而上的精神性，那么诗与非诗的区别，就在于作品是否具有一种神奇，有一种飞翔。诗，必有出神的一刻，"突然不在世界上",不论它的起点在"大地"的何处,总有一个起飞的时刻,如兰波所说,"铁皮作为小号醒来",神话以与庸常的具体的事物结合的方式登场,到达陌生处,到达不可捉摸处,见到不可见,听到不可听。所以,它是"大地之诗",进而是平行于大地的飞行之诗。

在这里,诗歌的"大地",与其说是对具体事物的指称,毋宁是对生存状态的确认,既是指具体生活,也是指诗人与时代的关系。荷尔德林所问:"在一个贫乏的时代里,诗人何为?"更具普遍性、更确切的意思应当是:在自身所处的时代里,诗人何为?每个诗人都是在自己的时代,你应当而且必须面对它和理解它,从对现世生活的肯定出发,把人间问题当成全部灵感的源头,"达世变,通民情,识时务",以敏锐的感觉和明晰的智识,发觉转机的发生,捕捉新异的变化,以对文学和世界所具有的坚定看法,以有所承担的责任意识和勇气,扬长而入,直面现实,并做出提示的和预言的诗艺表达。

如果说"一切的历史都是当代史",那么也可以说所有的人都是本人,包括沉沦的人、失望的人、痛苦的人,也包括智力不够而且德行欠缺的人。"认识你自己",进一步寻找你自己,回到你自己,而时代就在你自己身上。如果像尼采所说,要"在自己身上克服这个时代",那么就从个人经验与历史渊薮的遥遥对应中,进一步去建设这个时代,成就这个时代。如此,克服种种困难的犹如怀刃疾行的热切的写作,才会留下摆脱庸俗和奴役的艰苦努力的痕迹,成为表现人战胜自我弱点和黑暗的光荣记录。即便命运时值昏暮,即便遭遇到了整个世界的失灵和断裂,在文学和诗歌中，终有一种期待中的磨洗，从日益坚劲的诚实、准确与清晰中，获得一种唤醒、一种照耀，让你和你所处的时代因此从幽晦里渐渐亮起，风神俊茂，勃然不磨。

2020-09-23

相关评论

诗人姜念光是一个有文学抱负、风格范式、修远气度的成熟写作者。所有这些特质，在《钢琴与步枪》中都有着令人印象深刻的、火树银花般夺目的体现。尤其是他笔下的军事题材诗作，带有某种元诗意味和取向，在一个更为开阔、更具综合性的语境中，超越类型写作的预设与局限，与他写诗天赋中的多元性、复杂性、抒情性相互汇合、相互吸取、交相辉映，构造出中国当代诗版图中引人注目的一个板块。

——欧阳江河　诗人，北京师范大学特聘教授

姜念光的写作是难度标尺下他与诗之间互为锤砧的持续锻炼。他据此把握、运筹其内心的四季变化，并为那些来自时代、生活和心灵深处的纷纭而不确定的思绪赋形。《钢琴与步枪》延续了他一贯的广博情怀和军人骨血，但风格上更趋深沉内敛，诗艺也更老到精湛。当年光华夺目的"白马"仍在不歇驰驱，如今又从内部渗透出一种别样的"金黄"。那是"十一月的丰收的金黄，自我的金黄／告别的金黄，挽留的金黄／往事低吟的金黄／也是株连的、失望的金黄"，但更重要的，是"从工匠和牺牲者中意外现身的金黄"。

——唐晓渡　批评家，诗人

"钢琴与步枪"的转喻，意味着菊花与刀锋的并置，剑胆与琴心的互动，柔情与意志的浑然，精妙与坚定的杂糅。姜念光的诗，将生活升

华的哲思与生命中沉淀出的感悟融为一体,将灵魂迸发的勇毅与军旅中锤炼出的精细融为一体,铸造了独特的诗意风格。洗练、准确、缜密、洒脱,绵密的思想与犀利的语言双向奔赴,实现了令人艳羡和钦敬的赋形与表达。

——张清华　批评家,北京师范大学教授

刚健的抒情气息,曾久违于当代汉语的诗性表达。现在,它借助姜念光的《钢琴与步枪》,重新返回到当代诗的视野之中。语风硬朗,又不乏警敏的生命体察;诗境开阔,又不缺少细致的情感掂量……这些诗带读者深入灵魂的探险。

——臧棣　诗人,批评家

姜念光少年从军,经过部队高等院校严格的现代军事教育,让他麋角不解、兵甲不藏,如同在他身上换了一代人。当他进入军旅诗创作领域,注定离经叛道,异军突起,戮力开辟一条属于自己的道路。读他的诗,你会发现暴雨星辰、烈焰繁花,大地是崭新的大地,天空是崭新的天空。

——刘立云　诗人,作家

钢琴与步枪

出 品 人	郭文礼	选题策划	刘文飞	责任编辑	刘文飞 张 昊
复 审	左树涛	终 审	郭文礼	印装监制	郭 勇

项目运营 | 有度文化·刘文飞工作室　　投稿邮箱 | liuwenfei0223@163.com

微　　博 | http://weibo.com/liuwenfei　　微信公众号 | YOUDU_CULTURE